D0622812

WITHDRAWN

UN ASESINATO
MUY CORRIENTE
y otros relatos

LA TRAMA

Títulos de la autora publicados por Ediciones B

UN ASESINATO
MUY CORRIENTE
y otros relatos

P. D. James

Prólogo de Val McDermid

Traducción de Carlos Abreu

GRUPO ZETA

Barcelona • Madrid • Bogotá • Buenos Aires • Caracas • México D.F. • Miami • Montevideo • Santiago de Chile

Título original: *The Mistletoe Murders and Other Stories*
Traducción: Carlos Abreu Fetter
1.ª edición: noviembre de 2016

© De esta recopilación © The Estate of P. D. James 2016
The Mistletoe Murder fue publicada por primera vez en *The Spectator* © P. D. James 1995
A Very Commonplace Murder fue publicada por primera vez por *Clive Irving* © P. D. James 1969
The Boxdale Inheritance fue publicada por primera vez en *Detection Club Anthology* 1979 © P. D. James 1979
The Twelve Clues of Christmas fue publicada por primera vez en el *Sunday Times* © P. D. James 1996
El prefacio (versión integral) fue publicado por primera vez en *Murder in Triplicate* © P. D. James 2001, the Estate of P. D. James 2016
Prólogo © Val McDermid 2016
© Ediciones B, S. A., 2016
Consell de Cent, 425-427 - 08009 Barcelona (España)
www.edicionesb.com

Printed in Spain
ISBN: 978-84-666-6007-5
DL B 20105-2016

Impreso por QP PRINT

Prólogo

por VAL MCDERMID

Como muchos autores del género policiaco, P. D. James descubrió su vocación por amor. Antes de coger la pluma era lectora entusiasta de novelas de detectives y, a lo largo de su dilatada carrera, nunca dejó de fascinarle la así llamada edad dorada, que nació tras el fin de la Primera Guerra Mundial. Pero era más que una aficionada. Aplicaba su aguda inteligencia a lo que leía, hasta tal punto que se convirtió en una auténtica entendida. Escuché sus disertaciones sobre Dorothy L. Sayers y sobre las cuatro reinas del misterio: Sayers, Christie, Allingham y Marsh. Incluso escribió una fascinante monografía sobre el tema: *Todo lo que sé sobre novela negra*.*

Ese amor por la obra de sus predecesoras queda pa-

---

* P. D. James, *Todo lo que sé sobre novela negra*, Ediciones B, Barcelona, 2010.

tente en esta colección de relatos. En ella aparecen varias menciones a Agatha Christie; P. D. James hace suyos los mecanismos de construcción de la trama de la edad dorada, y encontramos guiños de complicidad con los convencionalismos de las «amables» narraciones de misterio tradicionales.

Esta apropiación de las fórmulas del pasado ha llevado a algunos a considerar a P. D. James una escritora «amable», cuando lo cierto es que nada hay más lejos de la realidad. Si se vale de esas fórmulas es para subvertirlas, a menudo de forma muy ingeniosa.

Sin embargo, un rasgo en particular distingue a P. D. James de la corriente dominante de la edad dorada del género de misterio inglés, con sus mansiones señoriales y sus pueblos de burgueses donde la realidad nunca muestra su desconsiderado rostro. Ella tiene claro que el asesinato es un acto desagradable y brutal, perpetrado por los motivos más perversos, y no teme enfrentarse cara a cara con esa oscuridad. Su visión de lo que solía llamar «la maldad» es de una lucidez espeluznante. Los crímenes de estas narraciones nada tienen de amables, por más que la ambientación imite la de sus precursoras.

Por otra parte, dicha ambientación constituye otra característica distintiva de la obra de P. D. James. Sus historias siempre transcurren en un tiempo y un espacio muy específicos. Es meticulosa en sus descripciones, que conforman un telón de fondo contra el que nos resulta más fácil imaginar los acontecimientos a medida que se desarrollan. Su función consiste en poner esos marcos al servicio de la trama; crean una atmósfera y con frecuencia prefiguran lo que va a suceder. Veamos, por ejemplo, la primera aparición de la mansión Stutleigh: «Emergió de las tinieblas, una silueta imponente y definida recortada contra un cielo gris tachonado de estrellas. Entonces la luna asomó por detrás de una nube e iluminó la casa; belleza, simetría y misterio bañados en un resplandor blanco.» De inmediato comprendemos que nos espera algo siniestro y misterioso.

P. D. James no solo entendía la naturaleza de la maldad, sino también la importancia de la respetabilidad. Escribía sobre personas capaces de asesinar para proteger su reputación y posición social, pero que nunca mataban de manera vulgar. Su elegante prosa siempre juega limpio con el lector y, como intentan hacer sus asesinos, nos infunde una falsa sensación de seguridad.

Detrás de esas fachadas apacibles se palpan la malicia y el suspense, que dan lugar a situaciones tenebrosas, crueles y estremecedoras, pero siempre narradas con maestría. Estos relatos son un regalo delicioso en un momento en que creíamos que ya no leeríamos más obras de P. D. James.

Prefacio

En su introducción a una antología de relatos cortos de misterio publicada en 1934, Dorothy L. Sayers escribió: «Al parecer, para la raza anglosajona la muerte constituye una fuente más abundante de inocente diversión que cualquier otro tema.» No se refería, claro está, a los horripilantes, truculentos y en ocasiones desastrosos asesinatos de la vida real, sino a las invenciones misteriosas, elegantemente artificiosas y populares de los autores policiacos. Tal vez «diversión» no sea la palabra justa; «entretenimiento», «distracción» o «emoción» resultan más apropiadas. Y, a juzgar por la afición universal al género de misterio, los anglosajones no son los únicos que muestran entusiasmo por los asesinatos más abyectos. Millones de lectores de todo el mundo se sienten como en casa en el claustrofóbico santuario de Sherlock Holmes en el 221b de Baker Street, la encantadora casita de Miss Marple en Saint Mary Mead y el elegante apartamento de lord Peter Wimsey en Piccadilly.

En el período anterior a la Segunda Guerra Mundial, gran parte de la ficción policiaca se escribía en forma de relatos cortos. Edgar Allan Poe y sir Arthur Conan Doyle, a quienes podemos considerar padres fundadores del género detectivesco, dominaban los secretos del formato, y el primero esbozó los rasgos distintivos, no solo del relato corto, sino también de la novela policiaca: el personaje menos sospechoso que resulta ser el asesino, el espacio cerrado en que se desarrolla el misterio, el detective que resuelve el caso desde su sillón, el estilo epistolar. En palabras de Eric Ambler: «La narrativa policiaca quizá nació en la mente de Edgar Allan Poe, pero Londres la alimentó, la vistió y la llevó a la madurez.» Aludía, claro está, al genio de Conan Doyle, creador del detective más célebre de la literatura. Conan Doyle dotó al género de respeto por la razón, un intelectualismo en absoluto abstracto, confianza en la preeminencia de la mente sobre la fuerza física, aversión por el sentimentalismo y la capacidad de crear una atmósfera de misterio y terror gótico, pero firmemente asentada en la realidad. Por encima de todo, más que ningún otro autor, instituyó la figura del gran detective, ese aficionado omnisciente cuya excéntrica, y a veces estrafalaria, personalidad contrasta con la racionalidad de sus métodos y que transmite al lector la reconfortante idea de que, pese a nuestra aparente impotencia, habitamos un universo inteligible.

Aunque las aventuras de Sherlock Holmes son las más famosas de dicho período, hay otras que también merecen una relectura. Julian Symons, respetado crítico de la ficción policiaca, señaló que los máximos exponentes del arte del relato recurrían a las historias de detectives para distraerse de las otras obras que escribían, disfrutando con un género que aún estaba en pañales y les ofrecía incontables oportunidades en lo referente a la originalidad y la variedad. G. K. Chesterton es un ejemplo de escritor que centra su interés en otros campos, pero cuyos cuentos sobre el padre Brown aún se leen con fruición. Y, como él, una cantidad sorprendente de autores distinguidos probó suerte con los relatos de misterio. La segunda antología de *Great Stories of Detection, Mystery and Horror*, publicada en 1931, contaba entre sus colaboradores con H. G. Welles, Wilkie Collins, Walter de la Mare, Charles Dickens y Arthur Quiller-Couch, además de los nombres de rigor.

Pocos autores policiacos actuales escapan a la influencia de los padres fundadores, pero la mayoría cultiva la novela, más que el cuento. Esto se debe en parte a que el mercado del relato es bastante reducido en general, pero el motivo principal radica quizás en que las historias de detectives se han acercado más a las corrientes dominantes en la ficción, y los escritores necesitan espacio para explorar a fondo las sutilezas psicológicas de los personajes, la complejidad de las relaciones y la manera en que un asesinato y una investigación policial afectan a la vida de dichos personajes.

El relato, por su propia naturaleza, está sujeto a una serie de limitaciones, por lo que resulta más eficaz cuando gira en torno a un único incidente o idea principal. La originalidad y la fuerza de esta idea determinan en buena medida el éxito del relato. Pese a su estructura, mucho menos compleja que la de una novela y basada en un concepto más lineal que conduce de forma implacable al desenlace, el relato permite construir, a una escala reducida, un mundo creíble en el que el lector puede sumergirse en busca de los mismos placeres que encuentra en la narración policiaca de calidad: un misterio verosímil, tensión y emoción, personajes con los que nos identificamos aunque no siempre empaticemos con ellos y un final que no defraude. Hay algo satisfactorio en el arte de condensar en pocos miles de palabras todos aquellos elementos de la trama, ambientación, caracterización y sorpresa que conforman un buen relato policiaco.

Aunque yo misma me he dedicado sobre todo a la novela, he disfrutado mucho con el desafío que plantea el cuento: el de conseguir mucho con pocos medios. A pesar de que no hay espacio para descripciones largas y detalladas, los lugares donde se desarrolla la acción han de cobrar vida ante los ojos del lector. El retrato de los personajes es tan importante como en la novela, pero los rasgos de carácter esenciales deben trazarse con una esmerada economía de palabras. El argumento tiene que ser intrigante, pero no demasiado complicado, y el desenlace, al que cada oración ha de conducir de forma inexorable, debe sorprender al lector sin dejarle la sensación de que lo han engañado. Todos los elementos deben contribuir a la característica más ingeniosa del cuento: el impacto de la sorpresa. Por consiguiente, escribir un buen relato es difícil, pero en estos tiempos ajetreados puede proporcionarnos una de las experiencias de lectura más satisfactorias.

P. D. JAMES

El misterio del muérdago

Uno de los riesgos menores que entraña mi condición de autora de *best sellers* policiacos es la consabida pregunta «¿ha estado usted implicada alguna vez en la investigación de un asesinato real?», pregunta que de vez en cuando me formulan con una expresión y un tono que parecen insinuar que la Brigada de Homicidios de la Policía Metropolitana haría bien en excavar en mi jardín trasero.

Yo respondo invariablemente que no, en parte por reserva, en parte porque referir la verdad me llevaría demasiado tiempo y mi participación en el caso, incluso cincuenta y dos años después, resulta difícil de justificar. Pero ahora que, a los setenta, soy la última superviviente de ese extraordinario suceso de la Navidad de 1940, puedo relatarlo sin temor, aunque solo sea por satisfacción personal. Lo llamaré «El misterio del muérdago». Pese a que dicha planta cumple una función mínima en la historia, siempre he tenido debilidad por los títulos con aliteraciones. He cambiado los nombres. Aunque ninguna persona viva podrá considerar dañados sus sentimientos o su reputación, no veo por qué los muertos no deben merecer la misma consideración.

Yo contaba dieciocho años cuando sucedió. Era una joven viuda de guerra; mi marido murió dos semanas después de la boda. Fue uno de los primeros pilotos de la RAF derribados en un combate mano a mano. Yo había ingresado en la Fuerza Aérea Auxiliar Femenina, en parte porque me había convencido de que eso le habría gustado a él, pero sobre todo por la necesidad de aliviar el dolor de la pérdida con una nueva vida y nuevas responsabilidades.

No funcionó. El duelo es como una enfermedad grave. Quien lo sufre muere o sobrevive, y el remedio es el tiempo, no un cambio de aires. Inicié mi adiestramiento preliminar con la sombría determinación de llegar hasta el final, pero cuando seis semanas antes de Navidad recibí la invitación de mi abuela, acepté aliviada. Era hija única, y mi padre, que era facultativo, se había alistado como voluntario de mediana edad en el cuerpo médico de las fuerzas armadas británicas; mi madre se había marchado a América. Varias amistades del colegio, algunas de las cuales servían también en el ejército, me escribieron para invitarme a pasar la Navidad con ellas, pero no me veía capaz de soportar siquiera las austeras celebraciones que se llevaban a cabo en tiempos de guerra, y temía aguarles la fiesta a sus familiares.

Por otro lado, tenía curiosidad por conocer la casa donde se había criado mi madre. Mi abuela y mi madre no se llevaba bien y, después de casarse, la distancia entre ellas se había vuelto insalvable. Yo solo había visto a mi abuela una vez en mi infancia y la recordaba como una mujer de armas tomar, mordaz y no especialmente comprensiva con los jóvenes. Pero yo ya no era joven, salvo en años, y lo que me describía con sumo tacto en su carta —un hogar acogedor con fuego en la chimenea, comida casera, buen vino, paz y tranquilidad— era justo lo que anhelaba.

Aunque no habría otros invitados, mi primo Paul esperaba que le concedieran unos días de permiso por Navidad. Yo tenía curiosidad por conocerlo. Era el único primo que me quedaba, el hijo más joven del hermano de mi madre, unos seis años mayor que yo. Nunca habíamos coincidido, pero no solo a causa de los conflictos familiares, sino también porque su madre era francesa y él había pasado buena parte de su juventud en Francia. Su hermano mayor había muerto cuando yo iba al colegio. Guardo un vago recuerdo infantil de algún secreto vergonzoso que la gente comentaba entre cuchicheos pero nadie explicaba.

En su carta, mi abuela me aseguraba que, aparte de nosotros tres, solo estarían Seddon, el mayordomo, y su esposa. Se había tomado la molestia de averiguar el horario de un autobús que saldría de Victoria a las cinco de la tarde del día de Nochebuena y me llevaría al pueblo más cercano, donde me recogería Paul.

El horror del asesinato, la evocación de cada hora de aquel traumático 26 de diciembre, difuminan mis recuerdos del viaje y la llegada. La Nochebuena me viene a la memoria en una serie de imágenes como de película granulosa en blanco y negro, inconexas, surrealistas.

El autobús, con las luces atenuadas, avanzando a paso de tortuga por la campiña yerma y oscura bajo una luna vacilante; la alta figura de mi primo saliendo a mi encuentro de entre las sombras de la terminal; yo sentada a su lado en su coche deportivo, arrebujada en una manta de viaje, atravesando aldeas apenas iluminadas mientras la nieve que de pronto ha empezado a caer se arremolina en torno a nosotros. Pero hay una imagen nítida y mágica: la de la mansión Stutleigh cuando apareció ante mí por primera vez. Emergió de las tinieblas, una silueta imponente y definida recortada contra un cielo gris tachonado de estrellas. De pronto la luna asomó por detrás de una nube e iluminó la casa; belleza, simetría y misterio bañados en un resplandor blanco.

Cinco minutos después, siguiendo el pequeño círculo de luz de la linterna de Paul, crucé el porche repleto de parafernalia campestre —bastones, toscos zapatos de cuero, botas de goma y paraguas— y pasé por debajo de la cortina opaca hacia el calor y la claridad del salón cuadrado. Recuerdo el gran fuego de leña que ardía en el hogar, los retratos de familia, el ambiente humilde pero confortable y los únicos adornos navideños: guirnaldas de acebo y muérdago colgadas encima de cuadros y puertas. La abuelita bajó despacio la amplia escalera de madera para saludarme. Era más menuda de lo que la recordaba, de huesos delicados, y su estatura era inferior al metro sesenta que medía yo. Sin embargo, me estrechó la mano con una firmeza inesperada y al fijarme en sus ojos, penetrantes y astutos, y en el gesto obstinado de la boca, tan parecido al de mi madre, supe que seguía siendo una mujer de armas tomar.

Me alegré de estar allí, de conocer por fin a mi único primo, pero mi abuela había omitido un detalle: habría un segundo invitado, un pariente lejano que había salido de Londres en coche y había llegado antes que yo.

Vi a Rowland Maybrick por vez primera cuando nos reunimos para beber algo antes de la cena, en una sala de estar situada a la izquierda del salón principal. Me causó mala impresión de inmediato y en mi fuero interno agradecí que la abuela no le hubiera sugerido que me llevase en coche desde Londres. La forma tan desconsiderada en que me saludó —«No me avisaste, Paul, que conocería a una viuda joven y bonita»— reforzó los prejuicios iniciales que la intolerancia de mi corta edad me había imbuido.

Vestía uniforme de teniente de aviación, aunque no volaba —«prodigios sin alas», los llamábamos—, era moreno y apuesto, tenía los labios carnosos bajo un fino bigote y un brillo de curiosidad y picardía en los ojos; saltaba a la vista que era un hombre muy seguro de sí mismo. Ya había topado con esa clase de tipos, pero no me esperaba encontrarme con uno en la mansión.

Me enteré de que en la vida civil trabajaba como anticuario. Paul, quizás al percibir mi decepción por descubrir que no era la única invitada, explicó que la familia necesitaba vender unas monedas valiosas. Rowland, experto en numismática, debía clasificarlas y evaluarlas con vistas a encontrar un comprador. Por otro lado, no solo le interesaban las monedas. Paseó la mirada por los muebles, los cuadros y las piezas de porcelana y bronce; sus largos dedos tocaban y acariciaban los objetos como si estuviera calculando mentalmente su precio para venderlos. Me asaltó la sospecha de que, a la menor oportunidad, me manosearía y determinaría mi valor como artículo de segunda mano.

El mayordomo y el cocinero de mi abuela, personajes secundarios pero indispensables en cualquier asesinato que se cometa en una casa solariega, eran respetuosos y competentes, aunque algo faltos de espíritu navideño. Mi abuela, si hubiera dedicado un momento a pensar en ello, seguramente los habría descrito como servidores fieles y entregados, pero yo albergaba mis dudas. Ya en 1940 las cosas estaban cambiando. La señora Seddon parecía agobiada de trabajo y aburrida, una combinación deprimente, mientras que su marido apenas conseguía disimular el lúgubre resentimiento de un hombre que había calculado cuánto dinero podría ganar trabajando durante la guerra en la base de la RAF más cercana.

Me gustó mi habitación; la cama con cuatro columnas y cortinas descoloridas, el cómodo sillón al amor del fuego, el pequeño y elegante escritorio, los grabados y acuarelas, cubiertos de huevos de mosca, en sus marcos originales. Antes de acostarme apagué la lámpara de la mesita de noche y descorrí la cortina opaca. Estrellas altas y una luna brillante: un cielo peligroso. Pero era Nochebuena. Quería creer que esa noche no volarían. Y me imaginé a las mujeres de toda Europa descorriendo sus cortinas y alzando la vista hacia la luna amenazadora con una mezcla de esperanza y miedo.

Desperté temprano por la mañana, echando en falta el repique de campanas navideñas, un repique que en 1940 habría sido anuncio de una invasión. Al día siguiente, la policía me obligaría a revivir cada minuto de esa Navidad, y, aunque han pasado más de cincuenta años, conservo en la memoria todos los detalles. Intercambiamos regalos después del desayuno. Era evidente que mi abuela había echado mano a su joyero para obsequiarme con un precioso prendedor de esmalte y oro, y sospecho que el presente de Paul, una sortija victoriana engastada con un granate rodeado de aljófares, tenía la misma procedencia. Yo también me había preparado para ese momento. Había decidido desprenderme de dos tesoros personales en aras de la reconciliación familiar: una primera edición de *Un muchacho de Shropshire* para Paul y un ejemplar antiguo de *Diario de un don nadie* para mi abuela. Ambos fueron bien recibidos. Rowland contribuyó con tres botellas de ginebra, paquetes de té, café y azúcar, y medio kilo de mantequilla, probablemente escamoteados de un almacén de la RAF. Justo antes del mediodía, llegó el menguado coro de la iglesia local, cantó, sin acompañamiento y desafinando vergonzosamente, media docena de villancicos y, una vez que la señora Seddon los hubo retribuido de mala gana con ponche de vino y tartaletas de frutas, se escabulleron con notorio alivio entre las cortinas para acudir a sus respectivas cenas.

Tras un almuerzo tradicional servido a la una, Paul me invitó a dar un paseo. Yo no estaba segura de por qué quería que le hiciera compañía. Apenas abrió la boca mientras caminábamos con dificultad pero sin pausa entre los surcos helados de los campos baldíos y a través de bosquecillos en los que no se veía ni un solo pájaro, tan serios como en una marcha de entrenamiento. Aunque había dejado de nevar, quedaba una fina capa crujiente y blanca bajo un cielo plomizo. Cuando empezó a oscurecer, emprendimos el camino de regreso y vimos la parte posterior de la mansión a oscuras, una silueta en forma de L recortada contra el blancor. De pronto, con un inesperado cambio de humor, Paul recogió un puñado de nieve. Nadie que haya recibido la gélida bofetada de una bola de nieve puede resistir la tentación de vengarse, y durante unos veinte minutos jugamos como niños, riendo y lanzando proyectiles de agua helada el uno al otro y contra la casa hasta que el césped y el camino de grava quedaron cubiertos de un revoltijo de nieve fangosa y medio derretida.

Pasamos el resto de la tarde en la sala de estar, charlando con desgana, dormitando y leyendo. Tomamos una cena de sopa y tortilla de hierbas, agradablemente ligera en comparación con la oca y el pudin de la comida de Navidad, servida muy temprano, como de costumbre, para que los Seddon pudieran escabullirse y pasar la velada con sus amigos en el pueblo. Después, regresamos a la sala de estar de la planta baja. Rowland puso el gramófono y, de improviso, me tomó de las manos.

—Bailemos —dijo.

El gramófono era de aquellos que tocaban de forma automática una serie de discos, y conforme sonaba una canción tras otra —«Jeepers Creepers», «Beer Barrel Polka», «Tiger Rag», «Deep Purple»—, ejecutábamos pasos de vals, tango, foxtrot y quickstep por toda la sala e incluso en el vestíbulo. Rowland era un bailarín excepcional.

Aunque yo no había vuelto a bailar tras la muerte de Alastair, embargada por la euforia del movimiento y el ritmo, olvidé mi antipatía hacia él y me concentré en seguir sus evoluciones cada vez más complicadas.

El hechizo se rompió cuando, al cruzar el vestíbulo bailando un vals, me estrechó contra sí y dijo:

—Nuestro pequeño héroe parece un poco apagado. Tal vez se esté arrepintiendo de haberse ofrecido voluntario para ese trabajo.

—¿Qué trabajo?

—¿No te lo imaginas? De madre francesa, educado en la Sorbona, habla francés como un nativo, conoce el país. Es el hombre ideal para la tarea.

No respondí. Me pregunté cómo lo sabía y si tenía derecho a saberlo.

—Llega un momento —prosiguió— en que estos valientes muchachos se percatan de que ya no están representando un papel. A partir de ese instante, todo es real. Territorio enemigo bajo los pies, alemanes reales, balas reales, cámaras de tortura reales y dolor real.

«Y muerte real», pensé, zafándome de sus brazos, y al entrar de nuevo en la sala de estar lo oí reír por lo bajo detrás de mí.

Poco antes de las diez, mi abuela se retiró a su habitación, después de decirle a Rowland que sacaría las monedas de la caja fuerte del estudio y las dejaría a su cuidado. Como él debía regresar a Londres al día siguiente, convenía que las examinara esa misma noche. Rowland se levantó de un salto y salió de la sala con ella. Las últimas palabras que mi abuela dirigió a Paul fueron:

—Van a emitir una obra de Edgar Wallace por la radio y me gustaría escucharla. Termina a las once. Ven a darme las buenas noches a esa hora, si quieres, Paul. No lo dejes para más tarde.

—Oigamos un poco de música del enemigo —propuso Paul en cuanto mi abuela y Rowland se marcharon, y remplazó las piezas bailables por discos de Wagner. Mientras yo leía, sacó una baraja de un cajón del pequeño escritorio y se puso a jugar un solitario, concentrado en las cartas con el ceño fruncido mientras Wagner, demasiado estridente para mi gusto, me atronaba los oídos. Cuando se oyó que el reloj de mesa situado sobre la repisa de la chimenea daba las once durante un momento de tregua de la música, él juntó las cartas para recogerlas.

—Es hora de darle las buenas noches a la abuelita. ¿Quieres algo?

—No —respondí, un poco sorprendida—. Nada.

Lo que sí quería era que la música no sonara tan fuerte, de modo que, cuando él salió de la sala, bajé el volumen. Regresó enseguida. Cuando la policía me interrogó al día siguiente, les dije que Paul había tardado unos tres minutos en volver, a lo sumo.

—La abuelita quiere verte —anunció con tranquilidad.

Abandonamos juntos la sala de estar y atravesamos el vestíbulo. Fue entonces cuando mis sentidos, con una agudeza preternatural, percibieron dos cosas. Una de ellas se la expliqué a la policía; la otra, me la callé. Seis bayas habían caído de la guirnalda de muérdago y acebo colgada en el dintel de la puerta de la biblioteca y se habían dispersado como perlas sobre el suelo pulido. Al pie de la escalera había un pequeño charco de agua. Al advertir que yo lo miraba, Paul se sacó el pañuelo y lo secó.

—Debería ser capaz de subirle una bebida a la abuelita sin derramarla.

Ella estaba sentada en la cama de cuatro columnas, bajo el dosel, con aspecto empequeñecido. Ya no parecía una mujer de armas tomar, sino cansada y muy vieja. Comprobé con agrado que había estado leyendo el libro que le había regalado. Descansaba abierto sobre la mesilla de noche redonda junto a una lámpara, un aparato de radio, un reloj pequeño y elegante, una jarra medio llena de agua con un vaso apoyado en el borde y la figura de porcelana de una mano que sobresalía de un puño con volantes y sobre la que ella había depositado sus anillos.

Me tendió la mano; tenía los dedos laxos, fríos y lánguidos, muy distintos de la mano firme con que me había saludado unas horas antes.

—Solo quería darte las buenas noches, querida, y las gracias por haber venido. En tiempos de guerra, las rencillas familiares son un lujo que no podemos permitirnos.

Presa de un impulso repentino, me agaché y le di un beso en la frente. Noté la piel húmeda contra mis labios. Aquel gesto había sido un error. Ignoro qué quería ella de mí, pero no se trataba de afecto.

Regresamos a la sala de estar. Paul me preguntó si bebía whisky. Cuando le dije que no me gustaba, extrajo del mueble bar una botella para sí y una licorera con burdeos, antes de coger de nuevo la baraja y ofrecerse a darme una clase de póquer. De modo que fue así como pasé la noche de Navidad desde las once y diez, más o menos, hasta casi las dos de la madrugada: jugando interminables partidas de cartas, escuchando a Wagner y Beethoven, oyendo el crepitar y el siseo de los troncos de la chimenea mientras alimentaba el fuego y observaba a mi primo beber un vaso tras otro hasta vaciar por completo la botella de whisky. Acabé por aceptar una copa de burdeos. Dejar que bebiera solo me parecía una descortesía censurable. El reloj de mesa había dado las dos menos cuarto cuando él se levantó.

—Lo siento, prima —dijo—. Estoy algo achispado. Te agradeceré que me dejes apoyarme en tu hombro. A la cama... a dormir, tal vez soñar.

Ascendimos las escaleras despacio. Abrí la puerta de su habitación mientras él permanecía reclinado contra la pared. Solo se percibía un ligero olor a whisky en su aliento. A continuación, con mi ayuda, se tambaleó hasta la cama, se desplomó sobre ella y se quedó inmóvil.

A las ocho de la mañana, la señora Seddon me llevó una bandeja de té, encendió el radiador eléctrico y, con un inexpresivo «buenos días, señora», se retiró en silencio.

Aún adormilada, me disponía a servirme la primera taza cuando oí unos golpes apremiantes en la puerta. Esta se abrió y entró Paul. Ya estaba vestido y, para mi sorpresa, no mostraba señales de resaca.

—No habrás visto a Maybrick esta mañana, ¿verdad?

—Acabo de despertarme.

—Según la señora Seddon, Rowland no ha dormido en su cama. Acabo de comprobarlo. He buscado por toda la casa y no hay rastro de él. Además, la puerta de la biblioteca está cerrada con llave.

Me contagié un poco de su agitación. Me alargó el salto de cama, y me lo puse. Tras reflexionar unos segundos, me calcé los zapatos de calle en vez de las zapatillas de estar por casa.

—¿Dónde está la llave de la biblioteca? —pregunté.

—En la cerradura de la puerta, por la parte de dentro. Solo tenemos una copia.

El vestíbulo se encontraba en penumbra, y cuando Paul encendió la luz, las bayas de muérdago que habían caído de la guirnalda colocada encima de la puerta de la biblioteca aún relucían, blancas como la leche, sobre el oscuro suelo de madera. Intenté abrir y me agaché para echar un vistazo por el ojo de la cerradura. Paul tenía razón: la llave estaba puesta.

—Entraremos por las puertas cristaleras. Tal vez tengamos que romper el vidrio.

Salimos por una puerta del ala norte. El aire del exterior hizo que me ardiera el rostro. Había sido una noche fría y la fina capa de nieve aún crujía, salvo allí donde Paul y yo habíamos estado arrojando bolas de nieve el día anterior. La biblioteca daba a un pequeño patio de unos dos metros de ancho del que arrancaba un sendero de grava que bordeaba el césped. Se distinguía con claridad un doble rastro de huellas. Alguien había entrado en la biblioteca por las puertas cristaleras y se había marchado por el mismo camino. Las pisadas eran grandes, un poco amorfas, y me dio la impresión de que correspondían a unas botas de goma de suela blanda. El segundo rastro se solapaba al primero.

—Hay que dejar las huellas intactas —advirtió Paul—. Avancemos pegados a la pared.

Las puertas cristaleras estaban cerradas, pero no con llave. Paul, con la espalda contra el vidrio, tendió la mano para abrirlas, entró con sigilo y descorrió la cortina opaca y luego los dos visillos. La clara luz de la mañana inundó de pronto la habitación, aniquilando el resplandor verde y confiriendo una horrenda visibilidad a la figura grotesca tumbada sobre el escritorio.

Lo habían matado con un golpe de una fuerza descomunal que le había aplastado la parte superior de la cabeza. Los brazos, extendidos a los lados, descansaban sobre el tablero. Tenía un hombro caído, como si también le hubieran pegado allí, y la mano era un amasijo de huesos astillados y sangre coagulada. La esfera de su pesado reloj de pulsera dorado estaba hecha añicos, y los diminutos fragmentos de vidrio relucían como diamantes sobre la superficie del escritorio. Algunas monedas habían caído sobre la alfombra, pero las demás se encontraban dispersas por encima del mueble, tras salir volando por la fuerza de los impactos. Alcé la mirada y comprobé que, en efecto, la llave estaba en la cerradura. Paul examinó el reloj de pulsera destrozado.

—Las diez y media —observó—. O lo asesinaron a esa hora, o es lo que quieren que creamos.

Había un teléfono junto a la puerta. Permanecí inmóvil, esperando, mientras él se comunicaba con la central telefónica y llamaba a la policía. A continuación, abrió la puerta con la llave y los dos salimos al vestíbulo. Cuando se volvió para cerrarla de nuevo, el cilindro de la cerradura giró sin hacer el menor ruido, como si acabaran de engrasarlo. Después, se guardó la llave en el bolsillo. Fue entonces cuando me percaté de que habíamos pisado algunas de las bayas de muérdago caídas hasta reducirlas a pulpa.

El inspector George Blandy llegó en menos de media hora. Era un robusto hombre del campo, con una mata de pelo pajizo tan espesa que parecía que llevara el tejado de una choza encima de un rostro cuadrado y bronceado por el sol. Se movía con parsimonia, no sé si por costumbre o porque aún no se había repuesto de los excesos navideños.

Al poco rato se presentó nada menos que el jefe de policía. Paul me había hablado de él. Sir Rouse Armstrong, ex gobernador colonial, era uno de los últimos jefes de policía de la vieja escuela y superaba con creces la edad de jubilación. Muy alto, con rostro de águila meditabunda, saludó a mi abuela llamándola por su nombre de pila y la siguió escaleras arriba hasta su salón privado con la gravedad y el aire de complicidad de un hombre que había acudido a dar consejo sobre algún asunto familiar urgente y vagamente embarazoso. Me dio la sensación de que su presencia intimidaba un tanto al inspector Blandy, y no me cupo la menor duda de quién estaría realmente al cargo de la investigación.

Con toda seguridad el lector imaginará que nos hallamos ante un relato propio de Agatha Christie, y tiene toda la razón: fue justo lo que me pareció en aquel momento. Pero resulta fácil olvidar, tasa de homicidios aparte, cuán similar era la Inglaterra de mi madre a las arquetípicas poblaciones de la campiña que describía Dame Agatha. Además, se me antoja muy apropiado que el cadáver fuera descubierto en la biblioteca, la habitación más mortífera en la ficción popular británica.

Nadie debía tocar el cuerpo hasta que llegara el médico de la policía. Había asistido a una representación teatral de aficionados en el pueblo, por lo que tardaron un poco en localizarlo. El doctor Bywaters era un hombrecillo bajo, rechoncho y engreído, de cabello tan rojizo como la cara y cuya irascibilidad natural habría degenerado en un malhumor activo, pensé, si el delito hubiera sido menos siniestro que un asesinato y el lugar menos prestigioso que aquella mansión.

Antes de proceder a examinar el cadáver nos echó a Paul y a mí del estudio con un tacto exquisito. La abuela había decidido quedarse en el salón de la planta de arriba.

Los Seddon, animados por la conciencia de una coartada irrebatible, estaban ocupados preparando y sirviendo sándwiches y una taza tras otra de café y té, y por primera vez parecían pasarlo bien. Los presentes navideños de Rowland estaban resultando útiles y, para ser justos, creo que le habría divertido saberlo. Sonoros pasos iban y venían por el vestíbulo, los coches llegaban y se marchaban, se realizaban llamadas telefónicas. La policía medía, deliberaba, fotografiaba. Finalmente, se llevaron el cadáver amortajado en una camilla y lo metieron en una pequeña y lúgubre furgoneta negra mientras Paul y yo mirábamos a través de la ventana de la sala de estar.

Nos habían tomado las huellas dactilares para excluirlas de las que encontraran en el escritorio, según nos explicaron. Me produjo una sensación extraña que me sujetaran los dedos con delicadeza y los apretaran contra una especie de tampón. Como es natural, nos interrogaron, por separado y juntos. Recuerdo que estaba sentada frente al inspector Blandy, cuya ingente mole ocupaba uno de los sillones de la estancia, con las pesadas piernas plantadas sobre la alfombra, repasando a conciencia todos los detalles del día de Navidad. Fue entonces cuando caí en la cuenta de que había pasado cada minuto de aquel día en compañía de mi primo.

A las siete y media, la policía aún estaba en la casa. Paul invitó a cenar al jefe de policía, pero este rehusó, no tanto, yo creo, por renuencia a partir el pan con posibles sospechosos, como por la necesidad de volver con sus nietos.

Antes de irse, le hizo una larga visita a mi abuela en su habitación y regresó a la sala para informar sobre los resultados de las actividades del día. Me pregunté si se habría mostrado igual de comunicativo si la víctima hubiera sido un peón de campo y la escena del crimen un *pub* local.

Llevó a cabo su exposición con el hablar telegráfico y autosuficiente de quien está convencido de haber cumplido bien con su trabajo.

—No llamaré a Scotland Yard —dijo—. Lo hice hace ocho años, cuando tuvimos nuestro último asesinato. Craso error. No hicieron más que perturbar la tranquilidad de los vecinos. Los hechos están más que claros. Lo mataron de un solo golpe, asestado con gran fuerza desde el otro lado del escritorio, y cuando estaba levantándose de la silla. El arma: un objeto contundente y pesado. Aunque el cráneo estaba aplastado, había poca sangre; en fin, esto lo han visto ustedes mismos. Diría que el asesino era alto; Maybrick medía casi un metro noventa. Entró y salió por las puertas cristaleras.

»Las pisadas, poco definidas, no nos dicen gran cosa, pero salta a la vista que hay una segunda serie superpuesta a la primera. Es posible que el homicida sea un ladrón ocasional, quizás un desertor. Se han producido dos incidentes hace poco. Tal vez le propinó a la víctima un culatazo con un fusil. El alcance y el peso encajarían. Posiblemente las puertas de la biblioteca que dan al jardín habían quedado abiertas. Aunque su abuela le dijo a Seddon, el mayordomo, que se encargara de cerrar bien puertas y ventanas, le pidió a Maybrick que echara una ojeada a la biblioteca antes de acostarse.

»Como la cortina opaca estaba cerrada, el asesino no debía de saber que había alguien en la biblioteca. Sin duda, probó con el pomo de la puerta, entró, vislumbró el brillo del dinero y mató casi sin pensarlo.

—Entonces, ¿por qué no se llevó las monedas? —preguntó Paul.

—Vio que no eran de curso legal. Le habría costado deshacerse de ellas. O quizá fue presa del pánico o creyó oír algo.

—¿Y la puerta del vestíbulo cerrada con llave?

—El asesino vio la llave y la hizo girar en la cerradura para evitar que alguien descubriera el cadáver antes de que él se encontrara lo bastante lejos. —Sir Rouse hizo una pausa y compuso una expresión de astucia que no se avenía muy bien con sus facciones aguileñas y algo altaneras—. Una hipótesis alternativa es que Maybrick se encerró en la biblioteca. Esperaba una visita secreta y no quería que nadie lo molestara. Debo hacerle una pregunta sobre una cuestión un tanto delicada —añadió dirigiéndose a Paul—. ¿Hasta qué punto conocía a Maybrick?

—No mucho —respondió Paul—. Es un primo segundo.

—¿Confiaba en él? Disculpe la pregunta.

—No teníamos motivos para desconfiar. Mi abuela no le habría pedido que se ocupara de vender sus monedas si hubiera abrigado alguna duda. Es un miembro de la familia. Familia lejana, pero familia.

—Por supuesto. Familia. —Sir Rouse hizo otra pausa antes de proseguir—. He pensado que quizá se trate de un montaje que se le fue de las manos. Es posible que se buscara un cómplice para que le robara las monedas. Pediremos a Scotland Yard que investigue a sus contactos en Londres.

Me sentí tentada de señalar que, de tratarse de una agresión fingida, se le había ido espectacularmente de las manos, pues había dejado a la supuesta víctima con el cerebro machacado, pero guardé silencio. Aunque dudaba que el jefe de policía fuera a echarme de la sala de estar —después de todo, yo había presenciado el hallazgo del cuerpo—, me daba la impresión de que no veía con buenos ojos mi manifiesto interés por el caso. Una joven recatada habría seguido el ejemplo de la abuela y se habría retirado a sus aposentos.

—¿No hay algo extraño en ese reloj destrozado? —inquirió Paul—. El golpe letal en la cabeza parece por demás deliberado. Pero el asesino golpea de nuevo y le rompe la mano. ¿Es posible que lo hiciera para dejar constancia de la hora exacta de la muerte? Y de ser así, ¿por qué? ¿O tal vez manipuló el reloj antes de destruirlo? ¿Cree que quizá mató a Maybrick después?

Sir Rouse se mostró indulgente con aquella fantasía.

—Un poco rocambolesco, muchacho —dijo—. Creo que hemos determinado la hora de la muerte con bastante precisión. Bywaters calcula que ocurrió entre las diez y las once, a juzgar por el grado de rigidez. Y no podemos saber con seguridad en qué orden se produjeron los golpes.

»Tal vez el asesino golpeó la mano y el hombro primero, y luego la cabeza. O tal vez intentó herir la cabeza y luego comenzó a lanzar golpes sin ton ni son, presa del pánico. Es una lástima que ninguno de ustedes oyera nada.

—Teníamos puesto el gramófono a un volumen considerable —dijo Paul—, y tanto las puertas como las paredes son muy gruesas. Además, me temo que hacia las once y media yo no estaba en condiciones de oír gran cosa.

En ese momento sir Rouse se levantó para marcharse, y Paul preguntó:

—¿Puedo utilizar la biblioteca, si han terminado de inspeccionarla? ¿O piensan precintar la puerta?

—No, muchacho, no será necesario. Hemos hecho todo lo que teníamos que hacer. No hemos encontrado huellas, por supuesto, pero no contábamos con ello. El asesino habrá dejado unas cuantas en el arma, sin duda, a menos que se hubiera puesto guantes. Pero se llevó el arma consigo.

La casa parecía demasiado silenciosa tras la marcha de los policías. Mi abuela, sin salir de su habitación, tomó la cena que le subieron en una bandeja, y Paul y yo, quizá por no enfrentarnos a aquella silla vacía en el comedor, nos conformamos con un plato de sopa y unos sándwiches en la sala de estar. Yo me sentía nerviosa, exhausta y también un poco asustada.

Me habría venido bien hablar del asesinato para desahogarme, pero Paul me cortó en seco.

—Dejemos el tema. No quiero saber nada más de la muerte por hoy.

De modo que nos quedamos sentados en silencio.

A partir de las ocho menos veinte, escuchamos *Radio Vaudeville* en BBC Home Service: Billy Cotton y su orquesta, la orquesta sinfónica de la BBC dirigida por Adrian Boult. Después de las noticias de las nueve y la crónica de la guerra de las nueve y veinte, Paul murmuró que iba a asegurarse de que Seddon hubiera cerrado bien las puertas.

Fue entonces cuando, guiada en parte por un impulso, atravesé el vestíbulo hasta la biblioteca. Hice girar el pomo con suavidad, como si temiera encontrarme a Rowland sentado frente al escritorio, toqueteando las monedas con dedos avariciosos. La cortina opaca estaba corrida y la habitación olía a libros antiguos, no a sangre. El escritorio, con la superficie despejada, era un mueble común y corriente, en absoluto aterrador, y la silla había sido cuidadosamente colocada en su lugar.

Me quedé en el vano de la puerta, convencida de que la clave del misterio se encontraba en aquella habitación. Acto seguido, movida por la curiosidad, me dirigí hacia el escritorio y tiré de los cajones hacia fuera; a cada lado había uno profundo debajo de dos de menor fondo. El cajón grande de la izquierda estaba tan atestado de papeles y carpetas que me costó abrirlo. El de la derecha estaba vacío. Abrí el cajón pequeño situado encima. Contenía una colección de facturas y recibos. Al revolver entre ellos encontré uno por valor de tres mil doscientas libras extendido por un numismático de Londres, con la lista de los artículos comprados y fechado cinco semanas atrás.

No había ningún otro objeto de interés. Cerré el cajón y comencé a medir con pasos la distancia entre el escritorio y las puertas cristaleras. Fue entonces cuando la puerta se abrió casi sin hacer ruido y vi a mi primo.

—¿Qué haces? —me preguntó con aire despreocupado, acercándose—. ¿Intentas exorcizar el horror?

—Algo así —respondí.

Permanecimos callados un rato, hasta que me tomó del brazo y dijo:

—Lo siento, prima, ha sido un día espantoso para ti. Y lo único que queríamos era que pasaras una Navidad tranquila.

Me mantuve en silencio, consciente de su proximidad, del calor que desprendía su cuerpo, de su fuerza. Mientras nos encaminábamos juntos hacia el vestíbulo, pensé: «¿De verdad era eso lo que queríais, que yo pasara una Navidad tranquila? ¿Eso era todo?»

Desde que habían matado a mi esposo tenía dificultades para dormir, y esa noche yacía rígida bajo el dosel de la cama, reviviendo los extraordinarios sucesos del día, encajando entre sí las anomalías, los incidentes menores, las pistas, para encontrar una pauta satisfactoria, tratando de imponer el orden al desorden. Creo que esa ha sido mi motivación desde entonces. Esa noche en Stutleigh determinó mi futuro.

A Rowland lo habían asesinado a las diez y media de la noche de un solo golpe asestado desde el otro lado de un escritorio de poco más de un metro de ancho. Pero a las diez y media mi primo estaba conmigo; apenas lo había perdido de vista en todo el día. Yo le había proporcionado la coartada perfecta. Y ¿no era precisamente para eso para lo que me habían invitado, engatusándome con promesas de paz, tranquilidad, buena comida y buen vino, justo lo que una joven viuda recién reclutada por el ejército estaría deseando?

A la víctima también la habían tentado para que acudiese a Stutleigh. El cebo era la perspectiva de que le confiarían unas monedas valiosas para negociar su venta. Sin embargo, esas monedas, que según me habían asegurado aún estaban por tasar, habían sido vendidas solo cinco semanas antes, muy poco después de que yo aceptara la invitación de mi abuela. Me pregunté por qué no habían destruido el recibo, pero la respuesta se me ocurrió enseguida. El documento era necesario para poder vender las monedas, una vez cumplida su función, con el fin de recuperar las tres mil doscientas libras. Tal vez me habían utilizado, pero no solo a mí.

Era de prever que el día de Navidad los dos criados pasarían la noche fuera. En cuanto a la policía, también cabía esperar que representase el papel que le correspondía.

El inspector, sincero y concienzudo, pero no especialmente inteligente, cohibido por su respeto hacia una familia de rancio abolengo y la presencia de su superior. El jefe de policía, lo bastante mayor para jubilarse, pero mantenido en su puesto a causa de la guerra, sin experiencia en asesinatos, amigo de la familia e incapaz de sospechar que el señor del lugar hubiera cometido un crimen brutal.

Una pauta empezaba a cobrar forma, una imagen, la imagen de un rostro. Seguí en mi imaginación los pasos de un asesino. Como suele ocurrir en los relatos del estilo de Agatha Christie, lo llamé X.

En algún momento de la noche del día de Navidad, alguien vació el cajón de la derecha del escritorio del estudio, apretujó los papeles en el cajón de la izquierda y dejó las botas de goma en el otro. Escondió el arma, tal vez en el cajón, junto a las botas. No, razoné. Eso no era posible; habría tardado demasiado en rodear el escritorio. Decidí dejar la cuestión del arma para más tarde.

Así pues, llega el fatídico día de Navidad. A las diez menos cuarto, mi abuela sube a acostarse y le comunica a Rowland que sacará las monedas de la caja fuerte de la biblioteca para que él las examine antes de marcharse al día siguiente. De ese modo, X tiene la certeza de que el experto en numismática estará allí a las diez y media, sentado ante el escritorio. Entra con sigilo, coge la llave y cierra la puerta silenciosamente tras de sí. El arma está en sus manos, o escondida en algún lugar de la habitación, a su alcance.

X mata a su víctima, hace añicos el reloj para que quede registrada la hora, se cambia los zapatos por las botas de goma y abre de par en par las puertas que dan al patio. A continuación, cruza la biblioteca corriendo por el camino más largo y pega un salto hacia la oscuridad. Hace falta ser joven, sano y atlético para salvar los dos metros de nieve y tierra que cubren el camino de grava; pero X, claro está, es joven, sano y atlético.

No tiene que preocuparse por las huellas en la grava: la nieve está revuelta y pisoteada tras la guerra de bolas de nieve que libramos por la tarde. Deja el primer rastro de pisadas hasta la puerta de la biblioteca, la cierra y deja el segundo, con cuidado de cubrir parcialmente el primero. Las huellas dactilares en el pomo no le inquietan en absoluto; las suyas tienen todo el derecho del mundo a estar ahí. Después, entra de nuevo en la casa por una puerta lateral que no está cerrada con llave, se pone los zapatos y se dirige hacia el porche delantero para dejar las botas de goma en su sitio. Cuando atraviesa el vestíbulo, cae un poco de nieve de las botas y se derrite, formando un charco sobre el entarimado.

¿Cómo, si no, había llegado esa agua allí? No cabía duda de que mi primo había mentido al insinuar que procedía de la jarra. Esta se hallaba junto a la cama de la abuela, medio llena, con el vaso sobre la mesilla de noche. Era imposible que se hubiera derramado agua a menos que el portador hubiese tropezado.

Entonces, por fin, le pongo nombre al asesino. Pero si mi primo había matado a Rowland, ¿cómo se las había arreglado para hacerlo en tan poco tiempo? Solo se había apartado de mi lado durante tres minutos, a lo sumo, para darle las buenas noches a la abuela. ¿Le había bastado con eso para ir en busca del arma, dirigirse a la biblioteca, matar a Rowland, dejar las huellas, limpiar el arma de sangre, deshacerse de ella y regresar para avisarme con toda calma que reclamaban mi presencia arriba?

Supongamos, sin embargo, que el doctor Bywaters se ha equivocado, que se ha precipitado al emitir su diagnóstico, inducido a error por el reloj roto. Supongamos que Paul había manipulado el reloj antes de destrozarlo y que el crimen se perpetró después de las diez y media. Pero los indicios médicos, sin duda, concluyentes, descartaban que se hubiera cometido a una hora tan avanzada como la una y media. Y, aunque no fuese así, Paul estaba demasiado borracho para asestar un golpe tan certero.

Claro que... ¿de verdad estaba borracho? ¿Y si se trataba de otra de sus estratagemas? Antes de sacar la botella me había preguntado si me gustaba el whisky, y recordé lo poco que le olía el aliento a licor. Pero no; el orden en que se habían producido los hechos no admitía discusión. Era imposible que Paul hubiera asesinado a Rowland.

Por otro lado, supongamos que actuó como un mero cómplice, que la mano ejecutora pertenecía a otra persona, quizás un compañero del ejército a quien había dejado entrar a hurtadillas en la casa y ocultado en una de las muchas habitaciones de esta, alguien que a las diez y media había bajado a hurtadillas las escaleras y había matado a Maybrick mientras yo le servía de coartada a Paul y la arrolladora música de Wagner ahogaba el sonido de los golpes. Luego, una vez consumado el crimen, había abandonado la biblioteca con el arma y escondido la llave en la guirnalda entre las hojas de muérdago y acebo que había encima de la puerta, ocasionando sin querer que un puñado de bayas cayera al suelo. Más tarde había llegado Paul, había cogido la llave, había entrado con cautela para no pisar las bayas y cerrado la puerta a su espalda, dejando la llave en la cerradura, para proceder a falsificar las huellas como yo había imaginado antes.

Aunque la hipótesis de que Paul no era el autor del asesinato, sino solo un cómplice, planteaba una serie de incógnitas sin respuesta, no era del todo inverosímil.

Un secuaz del ejército habría tenido la destreza y la sangre fría necesarias. Quizás hasta lo habían considerado un ejercicio militar, pensé con amargura. Al día siguiente, me dedicaría a hacer a conciencia lo que la policía había hecho a la ligera: buscar el arma.

En retrospectiva, creo que no sentía una repugnancia especial por aquel crimen ni el menor deseo de confiar mis sospechas a la policía. No era solo porque apreciaba a mi primo y en cambio Maybrick me caía mal. Tenía algo que ver con la guerra. Había gente buena muriendo en todo el mundo, y el hecho de que hubieran matado a un tipo antipático no me parecía tan importante.

Ahora sé que me equivocaba. Un asesinato nunca merece justificación ni aprobación. Pero no me arrepiento de lo que hice después; ningún ser humano debería morir con una soga al cuello.

Desperté muy temprano, antes del amanecer, y me armé de paciencia; de nada habría servido ponerme a buscar con luz artificial, y no quería llamar la atención. De modo que aguardé a que la señora Seddon me subiera el té, me bañé, me vestí y bajé a desayunar poco antes de las nueve. Mi primo no estaba allí. La señora Seddon me informó de que se había ido conduciendo al pueblo para que le hicieran una revisión al coche. Era la oportunidad que yo estaba esperando.

Mi investigación acabó por llevarme hasta un trastero de la planta superior. Estaba tan abarrotado que tuve que trepar sobre baúles, cajas de hojalata y cofres antiguos para proseguir la búsqueda. Un arcón de madera contenía bates y pelotas de críquet cubiertos de polvo que, obviamente, nadie había utilizado desde la última vez que los nietos habían jugado un partido en el pueblo. Al tocar sin querer un caballo balancín, espléndido pero algo maltratado, provoqué un vaivén vigoroso y chirriante que me llevó a enredarme con las vías apiladas de un tren de juguete Hornby y a golpearme el tobillo contra una gran maqueta del arca de Noé.

Bajo la única ventana había una caja de madera alargada. Cuando la abrí, una nube de polvo se elevó del papel de estraza que cubría seis mazos de croquet, además de pelotas y arcos. Se me ocurrió que un mazo, con su largo mango, habría sido un arma apropiada, pero saltaba a la vista que aquellos llevaban años ahí guardados. Tapé la caja de nuevo y continué buscando.

En un rincón había dos bolsas de golf, y fue allí donde encontré lo que buscaba: uno de los palos resaltaba entre los demás. La gran cabeza de madera estaba limpia y reluciente.

En ese momento, oí un paso y, al volverme, vi a mi primo. Sé que el sentimiento de culpa debió de reflejarse en mi rostro, pero él parecía del todo indiferente.

—¿Te ayudo? —preguntó.

—No —dije—. No hace falta. Solo estaba buscando una cosa.

—¿Y la has encontrado?

—Sí —respondí—. Creo que sí.

Entró en la estancia, cerró la puerta y se apoyó contra ella.

—¿Te caía bien Rowland Maybrick? —inquirió con aire indiferente.

—No —contesté—. No me caía bien. Pero eso no es un motivo para matarlo.

—No, ¿verdad? —comentó con naturalidad—. Sin embargo, hay algo que deberías saber sobre él. Fue responsable de la muerte de mi hermano mayor.

—¿Me estás diciendo que lo mató?

—No directamente. Le hizo chantaje. Charles era homosexual. Maybrick se enteró y lo obligó a comprar su silencio. Charles se suicidó porque no soportaba la idea de llevar una doble vida, de encontrarse a merced de Maybrick, de verse expulsado de aquí. Prefirió la dignidad de la muerte.

Cuando evoco ese episodio, tengo que hacer un esfuerzo para recordar cuán distintas eran las actitudes públicas en los años cuarenta. Hoy en día parecería inconcebible que alguien se matara por algo así. En aquel entonces, supe con desoladora certeza que lo que Paul me contaba era cierto.

—¿Sabe la abuela lo de su homosexualidad?

—Ya lo creo. Hay muy pocas cosas que los de su generación no sepan o intuyan. La abuela adoraba a Charles.

—Entiendo. Gracias por decírmelo. —Al cabo de un instante, añadí—: Supongo que si hubieras partido en tu primera misión sabiendo que Rowland Maybrick estaba vivito y coleando, te habrías quedado con la sensación de haber dejado un asunto sin resolver.

—Qué lista eres, prima —dijo—. Y qué bien te expresas. Eso es exactamente lo que habría sentido, que había dejado un asunto sin resolver. —Acto seguido, agregó—: Bueno, ¿qué hacías aquí?

Saqué mi pañuelo y lo miré a la cara, una cara con un desconcertante parecido a la mía.

—Solo quitaba el polvo a las cabezas de los palos de golf.

Me marché de la casa dos días después. Nunca volvimos a hablar del incidente. La investigación siguió su infructuoso curso. Aunque podría haberle preguntado a mi primo cómo se las había ingeniado, no lo hice. Durante años pensé que era mejor no saberlo a ciencia cierta.

Mi primo murió en Francia, no durante un interrogatorio de la Gestapo, gracias a Dios, sino tiroteado en una emboscada. Me pregunté si su cómplice del ejército habría sobrevivido a la guerra o habría perecido con él. Mi abuela vivió sola en la mansión hasta su muerte, a los noventa y un años, y legó la finca a una asociación benéfica que acogía a mujeres de la aristocracia que habían caído en la indigencia, para que la acondicionaran como residencia o la vendieran. La asociación optó por venderla.

En cuanto a mí, lo único que la abuela me dejó en herencia fueron los libros de la biblioteca. Aunque los vendí casi todos, fui a la casa a echarles un vistazo y decidir cuáles me interesaba conservar. Entre ellos encontré un álbum de fotos encajado entre dos volúmenes más bien anodinos de sermones del siglo XIX. Me senté frente al mismo escritorio ante el que habían asesinado a Rowland y me puse a hojearlo, sonriendo al contemplar las fotografías color sepia de señoras de busto levantado, cintura ceñida y enormes sombreros con flores.

De pronto, al pasar una de las rígidas páginas, vi una imagen de mi abuela de joven. Llevaba lo que parecía un gorrito ridículo como el de un yóquey y sujetaba un palo de golf con tanta seguridad como si se tratara de una sombrilla. Junto a la fotografía aparecía su nombre escrito con letra pulcra, y al lado, la frase: «Campeona de golf femenino del condado, 1898.»

Un asesinato de lo más corriente

—Los sábados cerramos a las doce —dijo la rubia de la agencia inmobiliaria—, así que si aún conserva la llave para entonces, por favor, échela en el buzón. Es la única que tenemos, y es posible que el lunes otras personas quieran ver el apartamento. Firme aquí, si es tan amable, señor.

Añadió el «señor» a regañadientes, como si se le hubiera ocurrido en el último momento. Su tono era de desaprobación. Dudaba mucho que ese viejo zarrapastroso, con sus aires de falso refinamiento y su voz áspera, fuera a comprar el piso. En su profesión se aprendía enseguida a distinguir a quienes acudían a informarse con intenciones sinceras. Ernest Gabriel. Un nombre extraño, a medio camino entre la vulgaridad y la distinción.

A pesar de todo, él aceptó la llave con una cortesía pasable y le dio las gracias por las molestias. «No es ninguna molestia», pensó ella. Lo cierto era que muy poca gente se había mostrado interesada en esa sórdida ratonera, sobre todo al precio que pedían por ella. En el fondo, daba igual si el tipo se quedaba con la llave durante una semana entera.

La rubia estaba en lo cierto. Gabriel no había ido allí a comprar, solo a mirar. Era la primera vez que pisaba el lugar desde aquel suceso, acontecido dieciséis años atrás. No había acudido en calidad de peregrino o de penitente. Había vuelto movido por un impulso que no había hecho el menor esfuerzo por analizar. Iba a visitar al único pariente vivo que le quedaba, una anciana tía que acababa de ingresar en una residencia geriátrica. Ni siquiera había caído en la cuenta de que el autobús pasaría por delante del edificio.

Sin embargo, de pronto se encontró dando bandazos a través de Camden Town, y la calle empezó a resultarle familiar, como una fotografía que de repente cobra nitidez, y con un escalofrío de sorpresa reconoció la tienda de fachada simétrica, con la puerta en medio y la vivienda situada encima. En la ventana vio el cartel de una inmobiliaria. Casi sin pensárselo, se había bajado en la parada siguiente, había caminado de vuelta para comprobar el nombre y había recorrido a pie poco menos de un kilómetro hasta la agencia. Se le había antojado tan natural e inevitable como su trayecto diario al trabajo en autobús.

Veinte minutos después, introdujo la llave en la cerradura de la puerta principal y entró en el apartamento vacío y mal ventilado. Las cochambrosas paredes aún estaban impregnadas de olor a fritura. Había varios sobres desperdigados sobre el gastado linóleo, pisoteados por visitantes anteriores. Una bombilla desnuda oscilaba en el recibidor, y la puerta del salón estaba abierta. A su derecha se encontraba la escalera, a su izquierda, la cocina.

Gabriel permaneció inmóvil unos instantes antes de dirigirse hacia la cocina. Frente a las ventanas, cubiertas en parte por unas mugrientas cortinas de cuadros, alzó la vista hacia el gran edificio negro que se alzaba enfrente, ciego salvo por un ventanuco cuadrado en la quinta planta. Desde allí, dieciséis años atrás, había visto a Denis Peller y Eileen Morrisey representar su pequeña tragedia hasta el desenlace.

No tenía derecho a observarlos ni a estar en el edificio después de las seis. Ese era el quid de su terrible dilema. Había ocurrido por casualidad. El señor Maurice Bootman le había encargado que, como archivero de la empresa, revisara los documentos guardados en el estudio del difunto señor Bootman, en la planta superior, por si había algunos que conviniese archivar. No se trataba de papeles confidenciales o importantes; de esos ya se habían ocupado los familiares y los abogados de la empresa hacía meses. Lo que quedaba no era más que un revoltijo amarillento de circulares antiguas, hojas de contabilidad, facturas y recortes de prensa con las letras desvaídas que se habían amontonado sobre el escritorio del señor Bootman padre. El viejo había sido muy aficionado a acumular cosas inútiles.

Sin embargo, al fondo del cajón inferior izquierdo Gabriel había encontrado una llave. Llevado por un capricho, la había probado en la cerradura del armario del rincón. Encajaba. Y, dentro, Gabriel había encontrado la pequeña pero selecta colección de pornografía del difunto señor Bootman.

Sabía que tenía que leer los libros, no solo durante unos minutos furtivos, con un oído pendiente de pasos en la escalera o el gemido del ascensor que se aproximaba, temeroso de que alguien reparase en su ausencia de la sala de archivo. No, tenía que leerlos en privado y con tranquilidad. De modo que urdió un plan.

No resultó complicado. Como empleado de confianza, contaba con una llave de la puerta lateral, por donde se recibían paquetes y mercancías. El portero la cerraba por dentro cada noche al final de su jornada. A Gabriel, que siempre figuraba entre los últimos en marcharse, no le costaba encontrar una oportunidad para descorrer los cerrojos antes de salir por la puerta principal con el portero. Solo se atrevía a correr el riesgo una vez por semana, y el día elegido era el viernes.

Se iba a casa a toda prisa, cenaba a solas junto a la estufa de gas en la habitación que alquilaba y regresaba al edificio, en el que se colaba por la puerta lateral. Solo tenía que asegurarse de llegar a la oficina el lunes por la mañana cuando aún estuviera cerrada para ser uno de los primeros en entrar y echar el cerrojo de la puerta lateral antes de la visita ritual del portero para abrirla.

Aquellas noches de viernes se convirtieron en un motivo de alegría, frenética pero vergonzosa, para Gabriel. Siempre seguía la misma rutina: se sentaba en el sillón bajo de cuero del viejo señor Bootman, frente a la chimenea, encorvado sobre el libro que sostenía en las rodillas, deslizando la mirada por la página a la par que el haz de su linterna. Nunca se atrevía a encender la luz del estudio, y en las noches más frías incluso dejaba la estufa de gas apagada. Temía que su silbido le impidiera oír pisadas que se aproximaran, que su resplandor se trasluciera a través de las gruesas cortinas de la ventana o que, de alguna manera, el olor a gas siguiese allí el lunes por la mañana y lo delatara. Albergaba un pavor morboso a que lo descubrieran, pero ello no hacía más que incrementar la excitación que despertaba en él su placer secreto.

Los vio por primera vez el tercer viernes de enero. Era una noche templada, pero húmeda y sin estrellas. Un aguacero matinal había dejado las aceras resbaladizas y corrido la tinta de los titulares garabateados en los carteles de los vendedores de periódicos. Gabriel se limpió las suelas con cuidado antes de subir al quinto piso. En la claustrofóbica habitación imperaba un ambiente acre y polvoriento, más fresco que en el exterior. Gabriel se preguntó si debía arriesgarse a abrir la ventana para dejar que entrara un poco del aire purificado por la lluvia.

Fue entonces cuando vio a la mujer. Desde donde estaba se divisaban las puertas traseras de dos tiendas, encima de las cuales había sendos apartamentos. Las ventanas de uno de ellos estaban entabladas, pero el otro parecía habitado. Tenía un patio asfaltado al que se accedía por un tramo de escalones de hierro. Al resplandor de una farola vislumbró a la mujer cuando esta se detuvo unos instantes a los pies de la escalera para hurgar en su bolso. Entonces, como acometida por una súbita determinación, subió a paso veloz y, casi corriendo, atravesó el patio hasta la puerta.

Observada por Gabriel, ella se ocultó en las sombras de la entrada, hizo girar rápidamente la llave en la cerradura y desapareció en el interior. Él apenas tuvo tiempo de fijarse en que su cabello era castaño tirando a rubio y que llevaba un impermeable transparente abrochado hasta arriba y una bolsa de red con lo que parecían comestibles. Se le antojó un regreso a casa extrañamente furtivo.

Aguardó. Casi de inmediato una luz se encendió en la habitación situada a la izquierda de la puerta. Tal vez ella había entrado en la cocina. La sutil sombra iba y venía, se encogía y se alargaba. Él supuso que la mujer estaba guardando lo que había comprado. Luego la luz de la habitación se apagó.

El apartamento quedó a oscuras hasta que se iluminó la ventana del piso superior con un brillo más intenso que permitió a Gabriel ver a la mujer con una claridad que, sin duda, ella no imaginaba. Las cortinas estaban echadas, pero eran muy finas. Quizá los propietarios, convencidos de que nadie los espiaba, se habían vuelto descuidados. Aunque la silueta de la mujer era bastante difusa, Gabriel alcanzó a distinguir que llevaba una bandeja. Quizá planeaba cenar en la cama. Empezó a desvestirse.

Él la vio quitarse prendas por encima de la cabeza y agacharse para soltarse las medias y descalzarse. De pronto, se acercó tanto a la ventana que Gabriel pudo apreciar de forma nítida el contorno de su cuerpo. Parecía estar mirando y escuchando algo. Él se sorprendió conteniendo la respiración. Entonces ella se alejó y la luz se atenuó. Gabriel supuso que había apagado la bombilla central y encendido la lámpara de la mesilla de noche. Inundó la habitación un resplandor más suave y rosado por el que la mujer se movía, insustancial como un sueño.

Gabriel, con el rostro apretado contra el frío cristal, no apartaba la vista de ella. El muchacho llegó poco después de las ocho. Desde aquella noche, Gabriel siempre se referiría a él en sus pensamientos como «el muchacho». Incluso desde esa distancia resultaba evidente su juventud, su vulnerabilidad. Subió hacia el apartamento con mayor seguridad que la mujer, pero con rapidez, y se quedó quieto unos instantes en lo alto de la escalera como para determinar la anchura del patio mojado por la lluvia.

Ella debía de estar esperando a que llamara a la puerta, pues lo hizo pasar de inmediato abriéndola apenas. Gabriel sabía que había ido a recibirlo desnuda. Había dos sombras en la habitación de arriba, sombras que se unían, se separaban y se volvían a juntar hasta que, fundidas en una sola, se dirigieron hacia la cama, y Gabriel las perdió de vista.

El viernes siguiente, estuvo pendiente por si acudían otra vez. Llegaron en el mismo orden y a la misma hora: la mujer a las siete y veinte, el muchacho cuarenta minutos después. Gabriel permaneció de nuevo en su puesto de vigía, inmóvil y atento, cuando la luz de la ventana de arriba se encendió de golpe y luego bajó de intensidad. Las dos figuras desnudas que se adivinaban tras las cortinas se agitaron de un lado a otro, se fundieron y se mecieron ejecutando la parodia ritual de una danza.

Ese viernes, Gabriel aguardó hasta que se marcharon. El muchacho fue el primero en hacerlo, escabulléndose con sigilo por la puerta entornada, y bajó la escalera prácticamente a saltos, como poseído por un júbilo incontenible. La mujer emergió cinco minutos después, cerró la puerta con llave y cruzó el patio como una exhalación, con la cabeza gacha.

Desde entonces, él aguardaba todos los viernes a que aparecieran. Ejercían sobre él una fascinación aún mayor que los libros del señor Bootman. Su rutina apenas variaba. A veces el muchacho se presentaba un poco tarde, y Gabriel veía a la mujer inmóvil tras las cortinas del dormitorio, pendiente de su llegada. Él también esperaba, aguantando la respiración, compartiendo con ella el tormento de la impaciencia, deseando que el muchacho apareciera. Por lo general, este traía una botella bajo el brazo, pero una semana llegó con una cesta de vino que sujetaba con sumo cuidado. Tal vez celebraban un aniversario, una noche especial para los dos. La mujer llevaba invariablemente una bolsa de comestibles. Siempre cenaban juntos en la alcoba.

Un viernes tras otro, Gabriel se quedaba de pie en la oscuridad, con la mirada fija en aquella ventana de la planta superior, esforzándose por discernir el perfil de los cuerpos desnudos, imaginando lo que se hacían el uno al otro.

Llevaban siete semanas viéndose allí cuando sucedió. Esa noche, Gabriel llegó tarde al edificio. El autobús que solía tomar no pasó, y el siguiente iba lleno. Para cuando alcanzó su puesto de vigía, ya había luz en la ventana del dormitorio. Apoyó la cara contra el vidrio, que se empañó con su aliento. Se apresuró a limpiarlo con la manga de la chaqueta antes de mirar de nuevo. Por un momento le pareció que había dos siluetas en la habitación, pero supuso que se trataba de un efecto de la luz. Aún faltaba media hora para que llegara el muchacho. La mujer, como de costumbre, había sido puntual.

Veinte minutos después, Gabriel fue al baño en la planta de abajo. En las últimas semanas se había vuelto mucho más confiado, de modo que se desplazaba por el edificio, sin hacer ruido y alumbrándose únicamente con su linterna, pero casi con la misma tranquilidad que durante el día. Se pasó casi diez minutos en el aseo. Cuando regresó junto a la ventana su reloj marcaba las ocho pasadas, y en un principio le dio la impresión de que se había perdido la llegada del muchacho. Pero no, justo en ese momento su esbelta figura subía la escalera y atravesaba el patio a toda velocidad hasta refugiarse bajo el tejadillo de la entrada.

Gabriel lo vio llamar a la puerta y esperar a que se abriera. Pero no se abrió. Ella no acudió. Aunque había luz en la alcoba, tras las cortinas no se movía sombra alguna. El muchacho llamó de nuevo. Gabriel vislumbró el temblor de sus nudillos contra la puerta. El muchacho se quedó esperando. Luego retrocedió unos pasos y alzó la vista hacia la ventana iluminada. Quizás iba a arriesgarse a dar una voz en un tono bajo. Aunque Gabriel no oyó nada, percibió la tensión en su postura.

El muchacho llamó una vez más. Nuevamente no hubo respuesta. Gabriel lo observó, sufriendo con él, hasta que, a las ocho y veinte, el muchacho por fin se dio por vencido y se volvió para marcharse. Entonces Gabriel estiró sus agarrotadas extremidades y se internó también en la noche. Soplaba un viento cada vez más fuerte y una luna joven trastabillaba entre las nubes desmigajadas. Gabriel echó en falta el calor del abrigo. Encorvándose para guarecerse del aire cortante, supo que ya nunca volvería al edificio un viernes por la noche. Para él, al igual que para el muchacho desconsolado, se había cerrado un capítulo.

Se enteró del asesinato leyendo el periódico camino del trabajo el lunes siguiente. Reconoció de inmediato la imagen del apartamento, aunque ofrecía un aspecto extraño con aquel puñado de policías de paisano frente a la puerta y el agente de uniforme que montaba guardia en lo alto de las escaleras, impasible.

Por el momento, los hechos no estaban claros. Una tal Eileen Morrisey, de treinta y cuatro años, había sido encontrada en un piso de Camden Town a altas horas de la noche del domingo, asesinada a puñaladas. La habían descubierto el señor y la señora Kealy, inquilinos del inmueble, cuando habían vuelto de visitar a los padres de él. La fallecida, madre de unas gemelas de doce años, era amiga de la señora Kealy. El inspector general de la policía William Holbrook estaba al cargo de la investigación. Al parecer, la víctima había sufrido una agresión sexual.

Gabriel plegó el periódico tan meticulosamente como todos los días. Por supuesto, tendría que comunicar a la policía lo que había visto. Aunque esto, sin duda, le acarrearía problemas, no podía permitir que un inocente pasara apuros. La conciencia de sus intenciones, su espíritu cívico y su compromiso con la justicia le resultaban reconfortantes. Se pasó el resto del día yendo de un lado a otro entre sus archivadores, con la autocomplacencia secreta de un hombre dispuesto a sacrificarse.

Sin embargo, su plan inicial de acercarse a una comisaría cuando regresara a casa del trabajo quedó en nada. Precipitarse no tenía sentido. Si arrestaban al muchacho, él intervendría, pero sin saber siquiera si lo consideraban sospechoso del crimen sería absurdo dañar su reputación y exponerse a que lo despidieran. Era probable incluso que la policía nunca se enterase de la existencia del muchacho. Salir en su defensa en aquel momento solo serviría para atraer más sospechas sobre él. Un hombre prudente debía esperar. Gabriel decidió obrar con prudencia.

Detuvieron al muchacho tres días después. De nuevo, Gabriel lo leyó en el periódico de la mañana. Esta vez el artículo no incluía fotografías y daba pocos detalles. La noticia, que tenía que competir con una boda secreta entre miembros de la alta sociedad y un accidente aéreo importante, no había salido en portada. El breve rezaba así: «Denis John Speller, ayudante de carnicero de diecinueve años, con domicilio en Muswell Hill, ha sido imputado hoy por el asesinato de la señora Eileen Morrisey, madre de mellizas de doce años, que murió apuñalada el pasado viernes en un piso de Camden Town.»

De modo que la policía había determinado con mayor precisión el momento de la muerte. Quizás había llegado la hora de que Gabriel fuera a hablar con ellos. Pero ¿cómo podía saber con certeza que el tal Denis Speller era el joven amante a quien había estado espiando los viernes por la noche? Una mujer así..., bueno, quizá mantuviera relaciones con unos cuantos hombres. Ningún periódico publicaría fotografías del acusado hasta después del juicio. Pero en la vista preliminar saldría a la luz más información. Gabriel decidió esperar a que esto ocurriera. Después de todo, tal vez no se dictara auto de procesamiento contra el acusado.

Además, debía pensar en sí mismo. Había tenido tiempo para reflexionar sobre su propia situación. Si la vida del joven Speller corría peligro, él revelaría a las autoridades lo que había visto, por supuesto. Pero eso significaría perder su empleo en la empresa de Bootman. Peor aún, nunca conseguiría otro. El señor Maurice Bootman se encargaría de ello. Gabriel quedaría estigmatizado como un voyerista degenerado y solapado, un mirón dispuesto a poner en riesgo su medio de subsistencia por la oportunidad de leer durante un par de horas un libro subido de tono y fisgar en la felicidad ajena. El señor Maurice se enfadaría demasiado por la publicidad negativa como para perdonar al hombre que la había generado.

En cuanto a los demás empleados, se reirían mucho. Aquel sería el mejor chiste de la década, gracioso, lamentable y ridículo. ¡El pedante, respetable y siempre crítico Ernest Gabriel por fin mostraba su verdadera cara! Y ni siquiera le reconocerían el mérito de haber dado un paso al frente. Sencillamente no se les pasaría por la cabeza que podría haber guardado silencio.

Intentó inventar una buena justificación para su presencia en el edificio aquella noche, pero no se le ocurrió ninguna. No podía alegar que se había quedado a trabajar hasta tarde, pues había tenido buen cuidado de marcharse con el portero. Tampoco sería creíble afirmar que había regresado después porque le habían quedado documentos por archivar. Siempre llevaba el trabajo al día, como le complacía señalar a menudo. Su propia eficiencia se volvería contra él.

Por otro lado, no sabía mentir. La policía no aceptaría su versión de lo sucedido sin investigarlo a fondo. Después de dedicar tantas horas al caso, no les haría mucha gracia su revelación tardía de nuevos indicios. Se imaginó el círculo de rostros adustos y acusadores, disimulando apenas tras un fino barniz de cortesía oficial su animadversión y desprecio. No tenía sentido pasar por semejante mal trago sin conocer bien los hechos.

No obstante, después de la vista preliminar, en la que se determinó que Denis Speller iría a juicio, estos argumentos siguieron pareciéndole igual de válidos. Para entonces, ya sabía que Speller era el amante al que había visto. En realidad, nunca había habido un gran margen de duda. Por otra parte, las líneas generales de la tesis de la acusación resultaban bastante evidentes. Intentarían demostrar que se trataba de un crimen pasional, que el muchacho la había matado presa de los celos o la sed de venganza. El acusado negaría haber entrado en el piso esa noche, declararía una y otra vez que había llamado y se había marchado. Solo Gabriel podía corroborar su historia. Pero aún era demasiado pronto para intervenir.

Decidió asistir al juicio a fin de comprobar la solidez de los argumentos de la acusación. Si le daba la impresión de que declararían al acusado «no culpable», podría mantenerse al margen. Y, si las cosas salían mal, la idea de ponerse en pie en medio del silencio del juzgado abarrotado y proclamar lo que sabía ante el mundo le producía una emoción intensa, mezcla de fascinación y temor. Más tarde llegarían el cuestionamiento, las críticas y la mala fama, pero él habría vivido su minuto de gloria.

Al arribar al juzgado se llevó una sorpresa y una ligera desilusión. Había esperado un escenario para la justicia más imponente y espectacular que aquella sala moderna y formal que olía a limpio. Reinaban la tranquilidad y el orden. No había una multitud arracimada ante las puertas ni empujándose para conseguir asiento. Ni siquiera sería un juicio sonado.

Después de sentarse al fondo de la sala, Gabriel miró alrededor con una aprensión que remitió poco a poco. No tenía por qué preocuparse: no había ningún conocido suyo allí, solo un grupo de personas de lo más anodinas, indignas, en su opinión, del drama que iba a desarrollarse ante ellas. Por su aspecto, algunas bien habrían podido trabajar para Speller o vivir en la misma calle. Todas parecían sentirse incómodas y tenían el aire ligeramente receloso de quien se encuentra en un entorno que no le es familiar y lo intimida. Una mujer delgada vestida de negro emitía sollozos suaves, tapándose la boca con un pañuelo. Nadie reparaba en ella; nadie intentaba consolarla.

De vez en cuando se abría una de las puertas situadas al fondo y un recién llegado se deslizaba de forma casi furtiva hasta un asiento. Cada vez que esto ocurría, los rostros se volvían hacia él por unos instantes sin la menor señal de interés o reconocimiento, antes de posar de nuevo la vista en el hombre menudo sentado en el banquillo.

Gabriel lo observaba también. Al principio, apartaba los ojos de inmediato, como si cada mirada entrañase un riesgo grave. Le horrorizaba imaginar que el reo, al fijarse en él, adivinaría de alguna manera que poseía la clave para salvarlo y comenzaría a suplicarle su ayuda con gestos desesperados. Sin embargo, después de atreverse a mirarlo dos o tres veces, Gabriel comprendió que no tenía nada que temer. Aquella figura solitaria no prestaba atención a nadie salvo a sí mismo. No era más que un muchacho confundido y aterrado, absorto en su infierno interior. Parecía un animal acorralado, sin esperanzas ni ganas de luchar.

El juez era un hombre rechoncho y rubicundo, con la papada remetida en las cintas que llevaba al cuello. Sus pequeñas manos descansaban sobre la mesa que tenía ante sí, salvo cuando tomaba notas. Entonces los abogados dejaban de hablar por un momento antes de proseguir, más despacio, como para no apurar a Su Señoría, contemplándolo con la preocupación de un padre que explica algo con calma a su hijo de pocas luces.

Gabriel, sin embargo, sabía dónde residía el poder. La vida de un hombre estaba en aquellas manos regordetas que el magistrado tenía entrelazadas sobre la mesa, como parodiando a un niño que rezaba. Solo había un hombre en la sala con más poder que aquella figura, con una banda escarlata, sentada en lo alto, bajo el escudo de armas tallado. Y ese hombre era Gabriel. Al cobrar conciencia de ello lo invadió un júbilo repentino, tan embriagador como satisfactorio. Se regodeó con ese conocimiento que solo él poseía. Era una sensación nueva, estremecedoramente dulce.

Paseó la vista por las filas de rostros solemnes y atentos, y se preguntó cómo cambiaría su expresión si él se levantara de pronto e hiciera oír su voz. Lo desvelaría todo con firmeza y seguridad. Ellos no conseguirían asustarlo. Diría: «Señoría, el acusado es inocente. Es verdad que llamó y se marchó. Yo, Gabriel, así lo presencié.»

¿Y qué sucedería después? Imposible saberlo. ¿Levantaría el juez la sesión para retirarse con él a su despacho y escuchar su testimonio en privado? ¿O pediría a Gabriel que subiera al estrado como testigo? Solo una cosa era segura: no habría conmoción ni histeria.

Pero ¿y si el juez sencillamente lo expulsaba de la sala? ¿Y si se quedaba demasiado estupefacto para asimilar sus palabras? Gabriel lo imaginó inclinándose, irritado, con la mano ahuecada en torno al oído, mientras los policías apostados al fondo se acercaban en silencio para llevarse a rastras al alborotador. En aquel ambiente tranquilo y aséptico, donde incluso el ejercicio de la justicia semejaba un ritual académico, la constatación de la verdad se consideraría una vulgar intrusión. Nadie le creería. Nadie lo escucharía. Habían montado aquella elaborada escena para representar el drama hasta el final. Si él lo echaba a perder todo, no se lo agradecerían. El momento de hablar había pasado.

Por otro lado, aunque le creyeran, no lo felicitarían por su valentía. Al contrario, le echarían en cara que hubiese tardado tanto, permitiendo que un inocente estuviera a punto de acabar en la horca. Siempre y cuando Speller fuera inocente, claro. ¿Quién podía saberlo? Alegarían que quizá llamó y se marchó, pero que quizá regresó más tarde, entró en el piso y cometió el crimen. Gabriel no había aguardado frente a la ventana para verlo. Por lo tanto, se habría sacrificado en vano.

Además, no dejaba de oír las voces burlonas de sus compañeros de oficina: «Típico del viejo Gabriel, dejar las cosas para el último momento. Cobarde de mierda. ¿Has leído algún libro verde últimamente, Arcángel?»

Lo echarían de la empresa sin el consuelo de quedar como un héroe ante la opinión pública.

Oh, los periódicos hablarían de él, sin duda. Ya se imaginaba los titulares: «Escándalo en los tribunales. Hombre confirma coartada del acusado.» Con la salvedad de que no se trataba de una coartada. ¿Qué demostraría en realidad? Lo señalarían como un perturbador del orden público, como un voyerista digno de lástima que no había acudido antes a la policía por cobardía. Y colgarían a Denis Speller de todos modos.

En cuanto logró dominar la tentación y supo con absoluta certeza que no iba a interceder, Gabriel casi empezó a pasarlo bien. Al fin y al cabo, contemplar la justicia británica en acción no era cosa de todos los días. Escuchó, tomó nota, recapacitó. La acusación esgrimía razones de peso. El fiscal le causó buena impresión. Con su frente despejada, su nariz aguileña y sus facciones huesudas que denotaban inteligencia, tenía una presencia mucho más distinguida que el juez. Ese era el aspecto que debía ofrecer un jurista famoso. Exponía sus argumentos sin apasionamiento, casi con displicencia. Pero Gabriel sabía que así funcionaba la ley. No era obligación del fiscal mostrar una gran convicción, sino exponer su alegato de forma justa y precisa en nombre de la Corona.

Llamó al estrado a sus testigos, la señora Brenda Kealy, esposa del inquilino del apartamento, una rubia con ropa elegante, una fulana de tomo y lomo, en opinión de Gabriel. Oh, conocía bien a las de su ralea. No le costaba imaginar qué diría su madre sobre ella. Se veía a la legua qué era lo que buscaba. Y, a juzgar por la pinta que tenía, lo encontraba a menudo. Toda emperifollada, como una invitada a una boda. Menuda zorra.

Lloriqueando pañuelo en mano, respondía a las preguntas del fiscal en voz tan baja que el juez tuvo que pedirle que hablara más alto. Sí, había accedido a dejarle el piso a Eileen los viernes por la noche. Era el día en que su marido y ella visitaban a los padres de este en Southend. Se ponían en marcha en cuanto él cerraba la tienda. No, su esposo no sabía nada de su acuerdo con Eileen. Le había facilitado una llave a la señora Morrisey sin consultarlo. Que ella supiese, era la única otra copia que existía. ¿Que por qué lo había hecho? Se había compadecido de Eileen, que había insistido mucho en ello. Le daba la impresión de que los Morrisey no llevaban una vida conyugal muy satisfactoria.

Llegados a ese punto, el juez interrumpió a la testigo para recomendarle con gentileza que se limitara a responder a las preguntas del fiscal. La mujer se volvió hacia él.

—Solo intentaba ayudar a Eileen, Señoría —dijo.

Luego estaba la carta. Se la pasaron a la lloriqueante mujer del estrado, que confirmó que se la había escrito la señora Morrisey. A continuación se la entregó al ujier, quien, con parsimonia y paso majestuoso, se la llevó al fiscal, que procedió a leerla en voz alta.

Querida Brenda:
El viernes estaremos en el piso, después de todo. Quería avisarte por si Ted y tú cambiáis de planes. Pero te aseguro que será la última vez. George empieza a sospechar algo, y debo pensar en los niños. Sabía desde el principio que esto tendría que terminar algún día. Gracias por ser tan buena amiga.

EILEEN

La voz de tono comedido y acento de clase alta calló. Dirigiendo la mirada hacia el jurado, el fiscal bajó la carta lentamente. El juez agachó la cabeza y realizó otra anotación. El silencio se impuso en la sala por unos instantes. Acto seguido el magistrado indicó a la testigo que se retirase.

Y así prosiguió el juicio. Llamaron a declarar a un vendedor de periódicos de Moulton Street que recordaba que Speller había comprado un ejemplar del *Evening Standard* poco antes de las ocho, que llevaba una botella bajo el brazo y que parecía muy contento. No le cabía la menor duda de que ese cliente era el acusado.

Luego testificó la esposa del dueño del bar Rising Sun, en el cruce de Moulton Mews con High Street, quien explicó que había servido un whisky al reo poco antes de las ocho y media. El hombre no se había quedado mucho rato, apenas lo suficiente para bebérselo. Parecía muy afectado. Sí, ella estaba casi segura de que se trataba del acusado. Un variopinto grupo de parroquianos se encontraba en la sala para corroborar su testimonio. Gabriel se preguntó por qué la acusación se había tomado la molestia de citarlos, hasta que cayó en la cuenta de que Speller había negado haber ido al Rising Sun y que esa noche necesitara una copa.

Después subió al estrado de los testigos George Edward Morrisey, a quien describieron como empleado de una inmobiliaria, un hombre de rostro delgado y pocas palabras, que permanecía de pie, rígido y enfundado en su mejor traje de sarga azul. Declaró que había tenido un matrimonio feliz, que no sabía ni sospechaba nada. Su mujer le decía que los viernes asistía a clases nocturnas de alfarería. Se oyeron risitas contenidas por toda la sala. El juez frunció el ceño.

En respuesta a las preguntas del fiscal, Morrisey dijo que se quedaba en casa, cuidando de las niñas. Aún eran demasiado pequeñas para quedarse solas por la noche. Sí, él se encontraba en casa cuando asesinaron a su esposa. Su muerte le había causado un profundo dolor. Se había llevado una impresión tremenda al enterarse de su aventura con el acusado. Pronunció la palabra «aventura» con un desdén teñido de rabia, como si le supiese amarga. No dirigió una sola mirada al reo.

Se leyó el informe médico: sórdido, detallado pero, por fortuna, clínico y breve. La fallecida había sido violada y posteriormente apuñalada tres veces en la yugular. A continuación compareció el jefe del acusado, que aportó un testimonio vago y de dudoso fundamento sobre la desaparición de un pincho para carne. Luego, la casera del acusado declaró que la noche de autos este había llegado a casa en un estado de gran nerviosismo y que a la mañana siguiente no se había levantado para ir a trabajar. Había hilos más débiles que otros. Era evidente que algunos, como la declaración del carnicero, revestían escasa solidez, incluso a ojos del fiscal. No obstante, en conjunto formaban una cuerda lo bastante resistente para ahorcar a un hombre.

El abogado defensor se esforzó al máximo, pero destilaba la desesperación de quien sabe que está predestinado a perder. Presentó a varios testigos que aseguraron que Speller era un muchacho amable y cordial, un amigo generoso, un buen hijo y hermano. El jurado les creyó. Y también creía que el reo había matado a su amante. Llamó al acusado al estrado. Speller era un mal testigo, poco convincente, con dificultades de expresión. Gabriel supuso que habría sido conveniente que el muchacho mostrara algún signo de compasión hacia la mujer muerta. Pero estaba demasiado absorto en lo apurado de su situación para pensar en nadie más. «El perfecto temor expulsa el amor», pensó Gabriel. Quedó complacido con el aforismo.

El juez recapituló con escrupulosa imparcialidad, brindando al jurado una exposición sobre la naturaleza y el valor de las pruebas circunstanciales, así como una interpretación de la expresión «duda razonable». El jurado escuchó con respetuosa atención. Resultaba imposible adivinar qué se cocía tras esos doce pares de ojos atentos y anónimos. Pero no deliberaron durante mucho rato.

Cuando aún no habían transcurrido cuarenta minutos desde el levantamiento de la sesión, ya habían regresado a la sala; el acusado reapareció en el banquillo y el juez planteó la pregunta formal. El presidente del jurado dio la respuesta prevista, en voz alta y clara.

—Culpable, Señoría.

Nadie pareció sorprenderse.

El juez explicó al preso que lo habían declarado culpable del horrendo y despiadado asesinato de la mujer que lo amaba. El reo, con el semblante tenso y lívido, contemplaba al magistrado con ojos desorbitados, como si solo lo escuchara a medias. Se dictó la sentencia, que sonó doblemente pavorosa en aquel comedido tono judicial.

Gabriel buscó con interés el birrete negro que el juez debía ponerse en caso de condenar a alguien a la pena capital y, con estupor y cierta desilusión, advirtió que no era más que un cuadrado de tela negra que se había colocado sobre la peluca. Tras dar las gracias a los miembros del jurado, el magistrado recogió sus notas, como un hombre de negocios despejando su escritorio al final de un día ajetreado. La sala se puso en pie. Los policías llevaron al preso al calabozo. Aquello se había acabado.

El juicio apenas suscitó comentarios en la oficina. Nadie sabía que Gabriel había asistido. Cuando había solicitado un día libre «por motivos personales», se lo habían concedido con la misma falta de curiosidad que habían mostrado respecto a cualquiera de sus ausencias anteriores. Era demasiado solitario e impopular para formar parte de los cotilleos de sus compañeros. En la habitación en que trabajaba, un lugar polvoriento y mal iluminado, aislado por hileras de archivadores, despertaba una antipatía indefinida o, en el mejor de los casos, una tolerancia teñida de lástima. El archivo nunca había sido un centro de conversaciones cordiales. No obstante, tuvo la oportunidad de oír la opinión de un miembro de la empresa.

El día siguiente al del juicio, el señor Bootman, periódico en mano, entró en el espacio común de la oficina mientras Gabriel repartía el correo matinal, y dijo:

—Veo que han resuelto nuestro pequeño problema local. Por lo visto colgarán al tipo. Y me alegro. Al parecer, se trata de la típica historia sórdida de pasión ilícita y estupidez general. Un asesinato de lo más corriente.

Nadie replicó. El personal guardó silencio unos momentos antes de proseguir con su trabajo. Tal vez consideraban que no había nada más que decir.

Poco después del juicio, Gabriel empezó a tener pesadillas. El sueño, que lo asaltaba unas tres veces por semana, era siempre el mismo. Él pugnaba por cruzar un desierto bajo un sol rojo sangre para llegar a una fortaleza lejana. En ocasiones alcanzaba a verla con claridad, pero nunca conseguía acercarse a ella. Había un patio interior atestado de gente, una multitud silenciosa vestida de negro con todas las miradas puestas en un cadalso central. Sobre este se alzaba una horca. Era una estructura curiosamente elegante, formada por dos robustos postes a los lados y un travesaño con una curvatura sutil del que pendía la soga con el nudo.

Ni el público ni el patíbulo correspondían a nuestra época. Se trataba de una turba victoriana; las mujeres llevaban toca y chal, y los hombres, chistera o bombín. Gabriel divisaba a su madre entre la muchedumbre, con el enjuto rostro asomando por debajo del velo de viuda.

De pronto, rompía a llorar y sus facciones empezaban a cambiar hasta convertirse en las de la mujer que sollozaba en el juicio. Gabriel, desesperado, intentaba llegar hasta ella para consolarla, pero con cada paso que daba se hundía cada vez más en la arena.

A continuación, unas personas subían al cadalso. Sabía que una de ellas era el alcaide; ataviado con sombrero de copa y levita, tenía un poblado bigote y una expresión severa. Si bien su atuendo era propio de un gentilhombre victoriano, su cara, bajo aquella abundancia de vello facial, era la del señor Bootman. Junto a él se encontraba el capellán, con hábito y estola, y lo flanqueaban dos celadores con chaqueta oscura abotonada hasta el cuello.

El reo permanecía de pie bajo el nudo. Llevaba bombachos y una camisa desabrochada que dejaba al descubierto un cuello tan blanco y delicado como el de una mujer. Era tan esbelto, que bien habría podido ser ese otro cuello. El prisionero miraba fijamente por encima del desierto hacia Gabriel, no con expresión de urgente súplica sino de profunda tristeza. Y esta vez, Gabriel sabía que tenía que salvarlo, que debía llegar a tiempo.

Sin embargo, la arena le aprisionaba los doloridos tobillos, y aunque él gritaba que ya iba hacia allí, el viento, como una ráfaga surgida de un horno, le arrancaba las palabras de la reseca garganta. Tenía la espalda, prácticamente doblada en dos, cubierta de ampollas levantadas por el sol. No llevaba chaqueta. Lo embargaba una inquietud irracional por haberla perdido, la sensación de que le había ocurrido algo a la prenda que debería recordar.

Mientras avanzaba a trompicones, tambaleándose en aquel mar de arena, veía, resplandeciente la calima, la fortaleza. De súbito, esta comenzaba a retroceder, cada vez más difuminada y distante, hasta quedar reducida a una mancha borrosa entre las dunas lejanas. Él oía un alarido agudo y desgarrador procedente del patio... y despertaba, consciente de que esa voz era la suya y la tibia humedad de su frente no era sangre sino sudor.

Un día, aprovechando la relativa cordura matinal, analizó el sueño y cayó en la cuenta de que había visto esa escena en una gaceta victoriana expuesta en el escaparate de una librería de viejo. Si no recordaba mal, mostraba la ejecución de William Corder por el asesinato de Maria Marten en el granero rojo. El recuerdo lo reconfortó. Significaba que por lo menos no había perdido por completo el contacto con el mundo tangible y racional.

No obstante, saltaba a la vista que la tensión le afectaba cada vez más. Ya era hora de que se concentrara en su problema. Siempre había tenido una mente lúcida, demasiado para su empleo. De ahí la ojeriza que le tenían sus compañeros, por supuesto. Había llegado el momento de utilizarla. ¿Qué era exactamente lo que le preocupaba? Una mujer había sido asesinada. ¿Quién había tenido la culpa? ¿Acaso no compartían la responsabilidad varias personas?

La fulana rubia que les dejaba el piso, sin ir más lejos. El marido, que se había dejado engañar tan fácilmente. El muchacho, que la había tentado a desatender sus obligaciones para con su marido y sus hijas. La propia víctima..., en especial la víctima. Porque la paga del pecado es muerte. Pues bien, ella había recibido su paga. No había tenido suficiente con un hombre.

Gabriel visualizó de nuevo la sombra tenue contra las cortinas del dormitorio, los brazos extendidos para atraer la cabeza de Speller hacia su pecho. Obsceno. Repugnante. Sucio. Estos adjetivos le enturbiaron el pensamiento. Al fin y al cabo, ella y su amante se habían divertido de sobra. Era justo que los dos pagaran por ello. A él, Ernest Gabriel, no le incumbía. Los había descubierto desde aquella elevada ventana por pura casualidad, y solo el azar había querido que viera a Speller llamar a la puerta y marcharse.

Iba a hacerse justicia. Él había intuido la majestuosidad de la justicia, la belleza de su perfección esencial, en el juicio contra Speller. Y él formaba parte de ella. Si intervenía, quizás un adúltero saldría en libertad. Su deber estaba claro. La tentación de contarlo todo se había desvanecido para siempre.

Fue con este ánimo que se unió al pequeño y silencioso grupo que se había formado frente a la cárcel la mañana de la ejecución de Speller. En cuanto sonó la primera de ocho campanadas, se descubrió la cabeza, al igual que los otros hombres presentes. Al contemplar el cielo que se extendía muy por encima de los muros de la prisión, le invadió de nuevo una cálida euforia ante la conciencia de su autoridad y poder. Era en su nombre, gracias a la voluntad de Gabriel, que el verdugo anónimo del interior ejercería su siniestro oficio...

Sin embargo, aquello había sucedido dieciséis años atrás. Cuatro meses después del juicio, la empresa, en expansión y consciente de que necesitaba un domicilio más adecuado, se había trasladado de Camden Town al norte de Londres. Gabriel se había trasladado con ella. Era uno de los pocos miembros del personal que recordaban el viejo edificio. En estos tiempos los empleados se iban tan deprisa como venían; ya no había sentido de la lealtad hacia la compañía.

Cuando, a finales de año, Gabriel se jubiló, los únicos que quedaban de la época de Camden Town eran el señor Bootman y el portero. Dieciséis años. Dieciséis años con el mismo trabajo, la misma habitación alquilada, la misma antipatía matizada de tolerancia por parte de sus compañeros. Pero él había disfrutado de su momento de poder. Le vino a la memoria mientras paseaba la vista por el sórdido y reducido salón con el papel despegándose de las paredes y las tablas del entarimado manchadas. Dieciséis años antes presentaba un aspecto distinto.

Recordaba dónde se encontraba el sofá, el lugar exacto donde ella había caído muerta. Se acordaba de otras cosas: el martilleo de su corazón en el pecho mientras cruzaba el patio; los golpes rápidos con los nudillos; el sigilo con que había entrado por la puerta entornada antes de que ella se percatase de que no era su amante; el cuerpo desnudo encogido de miedo que retrocedía hacia el salón; la piel tirante y blanca del cuello; la cuchillada con el punzón de encuadernación, que se había clavado suavemente, como en goma blanda. El acero había penetrado con tal facilidad, tal delicadeza...

Y le había hecho algo más. Pero eso más valía no recordarlo. Después había regresado a la oficina con el punzón y lo había sujetado un rato bajo el chorro de agua en el lavabo para eliminar hasta la última mancha de sangre. Acto seguido, lo había guardado de nuevo en el cajón del escritorio, donde había media docena más, todos iguales. Ya nada lo distinguía de los demás, ni siquiera a sus ojos.

Todo había resultado demasiado sencillo. Solo se había salpicado de sangre el puño derecho del abrigo, al extraer el punzón. Y había quemado la prenda en la caldera de la oficina. Aún recordaba la ráfaga que había sentido en la cara al tirar el abrigo dentro, y las cenizas que se habían desparramado a sus pies como granos de arena.

Lo único que había conservado era la llave del piso. La había visto en la mesa del salón y se la había llevado. Se la sacó del bolsillo y la comparó con la que le había dejado la agente inmobiliaria, sosteniéndolas una junto a la otra en la palma extendida. Sí, eran idénticas. Habían hecho otra copia, pero nadie se había molestado en cambiar la cerradura.

Contempló la llave, intentando recordar la emoción de esas semanas en las que había oficiado de juez y verdugo. Pero no logró reavivar sensación alguna. Había pasado mucho tiempo. En aquel entonces tenía cincuenta años; ahora contaba sesenta y seis. Era demasiado mayor para sentir nada. Entonces le vinieron a la memoria las palabras del señor Bootman. Había sido, después de todo, un asesinato de lo más corriente.

El lunes por la mañana, la joven de la inmobiliaria, tras recoger el correo del buzón, fue a ver al gerente.

—¡Qué raro! El viejo que se llevó la llave del piso de

Camden Town se ha equivocado y nos ha devuelto otra. Esta no lleva la etiqueta de la agencia. O a lo mejor la arrancó. ¡Habrase visto! ¿Por qué haría algo así?

Llevó la llave hasta el escritorio del gerente y dejó caer la pila de cartas. El hombre le echó un vistazo con indiferencia.

—Sea como sea, es la llave correcta. No tenemos ninguna otra de este tipo. La etiqueta se habrá soltado sola. Deberías ponerlas con más cuidado.

—¡Siempre lo hago! —gimió la joven, indignada.

El gerente torció el gesto.

—Pues ponle otra, cuélgala en el tablón y, por lo que más quieras, no armes tanto alboroto. Anda, sé buena chica.

Ella lo miró otra vez, dispuesta a discutir, pero se encogió de hombros. Pensándolo bien, el hombre había mantenido desde el primer momento una actitud extraña respecto al apartamento de Camden Town.

—Muy bien, señor Morrisey —respondió.

La herencia de la familia Boxdale

—Verás, mi querido Adam —explicó el canónigo con afabilidad mientras paseaba con el inspector jefe Dalgliesh bajo los olmos de la vicaría—, aunque el legado nos vendría de perlas, no lo aceptaría con gusto si supiese que la tía abuela Allie se hizo con el dinero por medios reprobables.

Lo que el canónigo quería decir era que ni su esposa ni él se alegrarían de heredar las cincuenta mil libras esterlinas de la tía abuela Allie si resultaba que, sesenta y siete años antes, ella había envenenado a su anciano marido con arsénico para conseguirlas. Puesto que en 1902 la tía abuela Allie había sido acusada y absuelta de ese delito en un juicio que, para sus vecinos de Hampshire, había rivalizado con la Coronación como espectáculo público, los escrúpulos del canónigo no eran del todo improcedentes. Lo cierto, pensó Dalgliesh, era que la mayoría de la gente, ante la perspectiva de recibir cincuenta mil libras, aceptaría con entusiasmo la idea convencional de que, una vez que un tribunal inglés dictaba sentencia, la verdad sobre una cuestión quedaba establecida de forma definitiva. Quizás existía una judicatura superior en el otro mundo, pero en este desde luego que no. Y Hubert Boxdale así lo creía por lo general. Sin embargo, ante la posibilidad de heredar una fortuna inesperada, su escrupulosa conciencia se debatía en la duda.

—Aparte de la inmoralidad que supondría aceptar dinero sucio —prosiguió con voz suave pero firme—, no nos traería la felicidad. Pienso a menudo en la pobre mujer, empujada a vagar sin descanso por Europa en busca de un poco de paz, en su vida solitaria y su desdichada muerte.

Dalgliesh recordaba que la tía abuela seguía un itinerario predecible, con su séquito de criados, amantes circunstanciales y rémoras en general, trasladándose de un hotel de lujo a otro en la Riviera, con estancias intermitentes en París o Roma, según su estado de ánimo. No estaba seguro de si este programa ordenado de confort y diversión podía describirse como un vagar sin descanso por Europa, ni de si el principal objetivo de la anciana era encontrar un poco de paz. Si la memoria no le fallaba, había muerto al caer por la borda del yate de un millonario durante una fiesta más bien desenfrenada que este había organizado para celebrar que ella cumplía ochenta y ocho años. Si bien quizá no se trataba de un fallecimiento edificante para el criterio del canónigo, Dalgliesh dudaba mucho que la señora fuese desdichada en aquel momento. Si la tía abuela Allie (imposible llamarla de otra manera) hubiera sido capaz de articular pensamientos coherentes, seguramente la habría calificado de una muerte estupenda.

Sin embargo, esta no era precisamente una opinión que pudiera compartir sin empacho con su interlocutor.

El canónigo Hubert Boxdale era el padrino del inspector jefe Adam Dalgliesh. Compañero del padre de este en Oxford, había mantenido una larga amistad con él. Boxdale había sido un padrino admirable: afectuoso, indulgente y considerado. Durante la infancia de Dalgliesh no se había olvidado de uno solo de sus cumpleaños y siempre se había mostrado imaginativo respecto a las inquietudes y los deseos que pudiera tener un niño.

Dalgliesh le profesaba mucho cariño y en su fuero interno lo consideraba uno de los pocos hombres verdaderamente buenos que había conocido. Le sorprendía que el canónigo hubiera llegado a la edad de setenta y un años en un mundo carnívoro en el que la dulzura, la humildad y el idealismo rara vez contribuían a la supervivencia, y menos aún al éxito. Sin embargo, en cierto modo su bondad lo había protegido. Frente a una inocencia tan manifiesta, incluso quienes se aprovechaban de él, que no eran pocos, le brindaban parte de la protección y la compasión que habrían mostrado hacia alguien con una ligera debilidad mental.

«Pobrecito mío —le decía la asistenta mientras se embolsaba el pago por seis horas pese a que solo había trabajado cinco y cogía un par de huevos del frigorífico—. No está en condiciones de manejarse solo.» Al entonces joven y algo gazmoño agente de policía Dalgliesh le había sorprendido enterarse de que el canónigo sabía perfectamente lo de las horas y los huevos, pero consideraba que la señora Copthorne, que tenía cinco hijos y un marido indolente, necesitaba lo uno y lo otro más que él. También sabía que, si empezaba a pagarle cinco horas, ella no tardaría en trabajar solo cuatro y sustraerle dos huevos más, ya que aquel pequeño acto de deshonestidad era en cierto modo necesario para su amor propio. Boxdale era bondadoso, pero no tonto.

Su esposa y él vivían en la pobreza, por supuesto. Sin embargo, no eran infelices; en realidad, no había una palabra más inadecuada para calificar al canónigo. La muerte de sus dos hijos en la guerra de 1939 lo había entristecido, pero no lo había hundido. Aun así, tenía sus preocupaciones. Su mujer sufría de esclerosis múltiple y cada vez le costaba más valerse por sí misma. Necesitaría accesorios y aparatos que le hicieran la vida más fácil. Él estaba a punto de jubilarse de forma tardía y recibiría una pensión exigua. Una herencia de cincuenta mil libras les bastaría a ambos para vivir con comodidad hasta el fin de sus días, y a Dalgliesh no le cabía la menor duda de que también las aprovecharían para ayudar a los más desfavorecidos. De hecho, si había un candidato casi vergonzosamente merecedor de una fortuna modesta, ese era el canónigo. ¿Por qué el muy bobo no aceptaba el dinero y dejaba de romperse la cabeza?

—Un jurado inglés declaró a la tía abuela Allie no culpable, ¿sabe? —dijo con astucia—. Además, todo ocurrió hace casi setenta años. ¿No podría dar por bueno el veredicto?

Sin embargo, la escrupulosa mentalidad del canónigo era impermeable a tan sutiles indirectas. Dalgliesh pensó que debería haberse acordado de lo que había descubierto acerca de la conciencia del tío Hubert cuando era niño: que funcionaba como un timbre de alarma y que, a diferencia de la mayoría de la gente, él nunca fingía que no había sonado, que no la había oído o que el mecanismo estaba defectuoso.

—Oh, lo daba por bueno mientras ella vivía. Nunca volvimos a vernos después de la muerte de mi abuelo, ¿sabes? No quería imponerle mi presencia. Al fin y al cabo, era una mujer adinerada. Cuando se casaron, mi abuelo redactó un nuevo testamento en el que le legaba a ella todos sus bienes. Nuestros estilos de vida eran muy diferentes. Aun así, yo solía escribirle unas líneas por Navidad y ella me respondía con una postal. Me interesaba mantener el contacto para que, si un día necesitaba acudir a alguien, se acordara de que soy sacerdote.

¿Y por qué iba a querer eso?, se preguntó Dalgliesh. ¿Para tranquilizar su conciencia? ¿Era eso lo que el bueno de Hubert tenía en mente? De ser así, significaba que abrigaba dudas desde el principio. Era lógico: Dalgliesh conocía la historia por encima, y la sensación generalizada entre familiares y amigos era que la tía abuela Allie había tenido mucha suerte al librarse de la horca.

El punto de vista de su padre, expresado con reticencia, renuencia y compasión, no difería en lo esencial del que expuso un reportero local en aquel entonces: «¿Cómo diablos esperaba salirse con la suya? Desde luego, ha sido extraordinariamente afortunada.»

—¿La noticia de la herencia le pilló totalmente por sorpresa? —le preguntó Dalgliesh al canónigo.

—Ya lo creo. La vi solo una vez esa Navidad, la primera y última, seis semanas después de su boda, cuando mi abuelo falleció. Aunque siempre nos referimos a ella como la tía abuela Allie, se casó con mi abuelo, como ya sabes. Pero me resultaba imposible pensar en ella como en mi abuelastra.

»Se celebraba la tradicional reunión familiar en Colebrook Croft cuando fui allí con mis padres y mis hermanas gemelas. Yo contaba solo cuatro años, y ellas, ocho meses. No recuerdo nada de mi abuelo ni de su mujer. Después del asesinato (si de verdad es necesario emplear tan espantosa palabra), mi madre regresó a casa con mis hermanas y conmigo, dejando que mi padre se las viera con la policía, los abogados y los periodistas. Fue un momento terrible para él. Creo que ni siquiera me dijeron que mi abuelo había muerto hasta cerca de un año después. Nellie, mi vieja niñera, a quien habían concedido unos días libres en Navidad para que visitara a su familia, me lo explicó poco después de que regresase a casa. Le pregunté si el abuelo se había vuelto joven y guapo para siempre. La pobre mujer lo interpretó como una señal de presciencia y devoción infantiles. Me duele admitirlo, pero Nellie era una persona tristemente supersticiosa y sentimental. No obstante, en aquel momento no fui consciente de la muerte del abuelo, y desde luego no recuerdo detalle alguno de aquella visita navideña ni de mi nueva abuelastra. Por fortuna, era casi un bebé cuando se cometió el asesinato.

—Ella era artista de variedades, ¿verdad? —preguntó Dalgliesh.

—Sí, y además tenía mucho talento. Mi abuelo la conoció cuando ella trabajaba con una compañera en una sala de Cannes. Él había viajado al sur de Francia con su ayuda de cámara por motivos de salud. Tengo entendido que Allie le sustrajo un reloj de oro que llevaba sujeto a una cadenilla y, cuando él le exigió que se lo devolviera, ella le dijo que era inglés, que había padecido hacía poco una dolencia del estómago, que tenía dos hijos y una hija, y que estaba a punto de recibir una sorpresa maravillosa. Todo ello era cierto, con la salvedad de que su única hija había muerto de parto y le había dejado una nieta, Marguerite Goddard.

—Eran datos fáciles de adivinar a partir de la voz y el aspecto de Boxdale —señaló Dalgliesh—. Me imagino que la sorpresa fue la boda, ¿no?

—Fue una sorpresa, a todas luces, y un gran disgusto para la familia. Es fácil criticar el esnobismo y los convencionalismos de otras épocas y, en efecto, la Inglaterra eduardiana tenía muchos aspectos criticables, pero aquel no era un matrimonio prometedor. Lo digo por lo distintos que eran en cuanto a extracción social, educación y estilo de vida, por la falta de intereses comunes. Además, estaba la diferencia de edad. El abuelo se había casado con una chica tres meses más joven que su nieta. No me extraña que la familia estuviera preocupada, que temiese que a la larga esa unión no contribuyese a la satisfacción o la felicidad de ninguna de las partes.

Y esa era una visión muy benévola del asunto, pensó

con su esposa; su nieta, la señorita Marguerite Goddard, y dos vecinos, el reverendo Arthur Venables y su esposa.

»Han oído también que la acusada solo tomó el primer plato de la cena, ragú de ternera, y después, hacia las ocho y veinte, abandonó el comedor para sentarse junto a su marido. Poco después de las nueve, hizo sonar la campanilla para llamar a la doncella, Mary Huddy, y le pidió que le subiera un cuenco de gachas al señor Boxdale. Han oído que el difunto era aficionado a las gachas, y tal como las preparaba la señora Muncie, la cocinera, constituían, sin duda, un plato de lo más alimenticio para un venerable caballero de digestión delicada.

»Han escuchado a la señora Muncie describir cómo preparó las gachas de acuerdo con la admirable receta de la señora Beaton y en presencia de Mary Huddy, por si, según sus palabras, "al patrón le apetece comerse un cuenco en mi ausencia y te ves en la obligación de hacérselas". Una vez listas las gachas, la señora Muncie las probó con una cuchara y Mary Huddy subió un cuenco a la alcoba principal junto con una jarra de agua para rebajar las gachas si estaban demasiado espesas. Cuando llegó frente a la puerta, la señora Boxdale salió, cargada con medias y prendas íntimas. Como les ha dicho, se dirigía al baño para lavarlas. Le pidió a la chica que dejara el cuenco de gachas encima del lavabo, junto a la ventana, y Mary Huddy así lo hizo, en su presencia.

Dalgliesh. Ninguno de los miembros del matrimonio había contribuido a la felicidad del otro. En opinión de los parientes, había sido un desastre. Recordaba haber oído hablar de un incidente que había tenido lugar cuando el vicario local y su mujer, que de hecho habían cenado en Colebrook Croft la noche del crimen, visitaron a la novia por primera vez. Al parecer, el viejo Augustus Boxdale les había presentado a su flamante esposa con las siguientes palabras: «Quiero que conozcáis a la artista de variedades más bonita del mundo de la farándula. Me hurtó un reloj de oro y la cartera sin el menor esfuerzo. Si llego a descuidarme, me habría quitado hasta el elástico del pantalón. En fin, el caso es que luego me robó el corazón, ¿a que sí, cariño?»

A esto siguió una afectuosa palmada en el trasero y un chillido de gusto por parte de la mujer, que acto seguido había llevado a cabo una demostración de sus habilidades extrayendo el llavero del reverendo Arthur Venable de su oreja izquierda.

Dalgliesh decidió obrar con tacto y no recordarle esta anécdota al canónigo.

—¿Qué quiere que haga, señor? —preguntó.

—Es mucho pedir, lo sé, ahora que estás tan ocupado. Pero si me aseguraras que crees en la inocencia de la tía Allie, aceptaría la herencia de buen grado. Me preguntaba si te sería posible acceder a las actas del juicio. Tal vez encontrases en ellas alguna pista. Eres muy ducho en estos asuntos.

No lo decía movido por la voluntad de adular, sino con inocente asombro ante las extrañas vocaciones de los hombres. En efecto, Dalgliesh era muy ducho en esos asuntos. Cerca de una docena de hombres que ocupaban módulos de seguridad en las cárceles de Su Majestad podía dar fe de la inteligencia del inspector jefe Dalgliesh, al igual que un puñado de hombres que estaban en la calle gracias a que sus abogados habían sido, a su manera, tan inteligentes como aquel. Aun así, reexaminar un caso que superaba los sesenta años de antigüedad parecía requerir más clarividencia que inteligencia. Tanto el juez como los dos abogados que habían participado en el juicio llevaban muertos más de cincuenta años. Las dos guerras mundiales se habían cobrado unas cuantas víctimas. Cuatro monarcas se habían sucedido. Era muy probable que, de todas las personas que habían dormido bajo el techo de Colebrook Croft aquella fatídica noche del día siguiente a la Navidad de 1901, el canónigo fuera el único que seguía con vida. Sin embargo, el atribulado anciano le había pedido ayuda, y Dalgliesh, a quien debían un par de días libres, disponía de tiempo para prestársela.

—Haré lo que pueda —prometió.

Conseguir la transcripción de un juicio celebrado sesenta y siete años atrás no fue un trámite sencillo ni rápido, ni siquiera para un inspector jefe de la Policía Metropolitana. Cuando por fin lo logró, el documento le proporcionó escaso consuelo al canónigo. El juez Bellows había recapitulado con la simplicidad paternalista con la que acostumbraba a dirigirse a los jurados, que consideraba un atajo de niños bienintencionados pero idiotas. Por otro lado, cualquier criatura habría comprendido los hechos. Una parte de la recapitulación los explicaba con lucidez:

«Y así, caballeros del jurado, llegamos a la noche del 26 de diciembre. El señor Augustus Boxdale, que quizás había cometido algún exceso el día de Navidad, se había retirado a descansar a sus aposentos después del almuerzo, ya que sufría un nuevo episodio del leve trastorno digestivo que lo había aquejado durante casi toda la vida. Como, sin duda, habrán oído, él almorzó con sus familiares y no comió nada que estos no comieran también. Quizá tengan a bien exculpar a la comida de algo peor que un exceso de suculencia.

»La cena se sirvió a las ocho de la noche, puntualmente, como era costumbre en Colebrook Croft. Se hallaban presentes la señora de Augustus Boxdale, mujer del difunto; su primogénito, el capitán Maurice Boxdale, con su esposa; su hijo menor, el reverendo Henry Boxdale,

La señora Huddy nos ha contado que en ese momento reparó en los papeles atrapamoscas flotando en un cuenco de agua, solución que ella sabía que la señora Boxdale utilizaba como loción cosmética. Es más, todas las mujeres que estuvieron esa noche en la casa, a excepción de la señora Venables, han declarado que sabían que la señora Boxdale solía preparar dicha solución con papel atrapamoscas.

»Mary Huddy y la acusada salieron juntas del dormitorio, y ya han oído el testimonio de la señora Muncie, según el cual la señorita Huddy regresó a la cocina tras una ausencia de unos minutos. Poco después de las nueve, las mujeres abandonaron el comedor y entraron en el salón para tomar café. A las nueve y quince minutos, la señorita Goddard se excusó ante los presentes y anunció que iba a ver si su abuelo necesitaba algo. La hora se conoce con precisión porque el reloj marcó el primer cuarto mientras ella se marchaba, y la señora Venables hizo un comentario sobre la dulzura del timbre de las campanadas. También han oído la afirmación de la señora Venables, la esposa de Maurice Boxdale y la señora de Henry Boxdale de que ninguna de ellas salió del salón durante la velada, y el señor Venables ha declarado que los tres caballeros permanecieron juntos hasta que la señora Goddard apareció, unos tres cuartos de hora después, para comunicarles que su abuelo estaba muy enfermo y pedir que llamaran al médico de inmediato.

»La señora Goddard les ha referido que, cuando entró en la habitación de su abuelo, este estaba acabándose las gachas y refunfuñando acerca de su sabor. A ella le dio la impresión de que solo protestaba por haberse visto privado de su cena, y no porque considerara realmente que las gachas no estuviesen buenas. En todo caso, se las comió casi todas con aparente satisfacción, a pesar de sus gruñidos.

»Han oído a la señora Goddard describir cómo, una vez que su abuelo hubo dado cuenta de cuantas gachas le apetecían, se llevó el cuenco al aseo contiguo y lo dejó sobre el lavabo. A continuación, regresó a la alcoba del abuelo, y el señor Boxdale, su esposa y su nieta jugaron al *whist* de tres manos durante unos cuarenta y cinco minutos.

»A las diez, el señor Augustus Boxdale se quejó de un intenso malestar. Tenía fuertes retortijones, náuseas y diarrea. En cuanto se manifestaron los síntomas, la señorita Goddard bajó para comunicar a sus tíos que el estado del abuelo había empeorado y pedir que mandaran a alguien a buscar al doctor Eversley con la mayor urgencia. El doctor Eversley les ha ofrecido su testimonio. Llegó a Colebrook Croft a las diez y media de la noche y encontró al paciente muy desmejorado y débil. Trató los síntomas y le proporcionó todo el alivio que pudo, pero el señor Augustus Boxdale falleció poco después de la medianoche.

»Señores del jurado, han oído a Marguerite Goddard relatar cómo, mientras los paroxismos de su abuelo se exacerbaban, ella se acordó de las gachas y se preguntó si quizá le habían sentado mal. Le mencionó esta posibilidad a su tío de más edad, el capitán Maurice Boxdale. El capitán Boxdale les ha contado que le entregó el cuenco con los restos de las gachas al doctor Eversley, indicándole que lo guardara en un armario de la biblioteca, cerrase este bien y se quedara con la llave. Ya han oído que el contenido del cuenco fue analizado más tarde y cuáles fueron los resultados.»

Qué precaución tan extraordinaria por parte del gallardo capitán, pensó Dalgliesh, y qué muchacha tan perspicaz. ¿Había sido fruto del azar o de un plan premeditado que no hubiesen bajado el cuenco para lavarlo en cuanto el viejo hubo terminado con su contenido? ¿Por qué, se preguntaba, no había llamado Marguerite Goddard a la doncella para pedirle que se lo llevase? La señorita Goddard parecía ser la única otra sospechosa. A Dalgliesh le habría gustado saber más sobre ella.

Sin embargo, protagonistas aparte, el acta del juicio no trazaba un perfil muy nítido de los personajes del drama. ¿Y por qué habría de ser de otro modo? El sistema procesal acusatorio del Reino Unido está concebido para responder a una sola pregunta: ¿es culpable el acusado de los cargos que se le imputan más allá de toda duda razonable? En el estrado de los testigos no hay lugar para los matices de la personalidad, las especulaciones y los rumores. Los dos hermanos Boxdale quedaban retratados como personas de lo más anodinas. Junto con sus dignas y estimables esposas de pecho caído, habían permanecido sentados a la mesa del comedor, a plena vista unos de otros, desde las ocho hasta las nueve pasadas (una cena por demás sustanciosa) y así lo habían declarado en el estrado, más o menos de forma textual. Es posible que el espíritu de las señoras rebosara de emociones represibles como la envidia, la vergüenza o el rencor hacia la arribista, pero no lo pusieron de manifiesto ante el tribunal.

A pesar de todo, resultaba evidente que los dos hermanos y sus esposas eran inocentes, incluso si un investigador de la época hubiese contemplado la posibilidad de que personas de buena familia, tan respetadas y respetables, fueran culpables. Hasta sus impecables coartadas presentaban un bonito toque de diferenciación sexual. El reverendo Arthur Venables había puesto la mano en el fuego por los caballeros, y su honrada esposa por las señoras. Por otro lado, ¿qué móvil podían tener? La muerte del viejo no mejoraba en modo alguno su situación económica. En todo caso, les convenía que siguiese con vida, pues quizá, con el tiempo, el desencanto con su matrimonio o la vuelta a la cordura lo impulsaran a modificar su testamento. Por el momento, Dalgliesh no había descubierto nada que le permitiera ofrecer al canónigo las garantías que deseaba.

Fue entonces cuando le vino a la memoria Abrey Glatt, un adinerado criminólogo aficionado que había realizado un estudio sobre los casos de envenenamientos en los períodos victoriano y eduardiano. No le interesaba ningún suceso anterior o posterior, pues estaba tan obsesionado con aquella época como cualquier historiador serio, título que hasta cierto punto se había ganado por derecho propio. Vivía en una casa georgiana en Winchester —su pasión por los períodos victoriano y eduardiano no se extendía a la arquitectura—, a solo cinco kilómetros de Colebrook Croft. Una visita a la Biblioteca de Londres le reveló que Glatt no había escrito un libro sobre el caso, pero parecía improbable que hubiera pasado por alto un crimen cometido en un lugar tan próximo y en plena época de su predilección. Dalgliesh le echaba una mano de vez en cuando con los detalles técnicos del procedimiento policial. Cuando le telefoneó, Glatt estuvo encantado de devolverle el favor y le invitó a su casa esa tarde para tomar el té y compartir información.

Una doncella que lucía una cofia con cintas y volantes les sirvió el té en el elegante salón. Dalgliesh se preguntó qué sueldo habría tenido que ofrecerle Glatt para convencerla de que llevara semejante tocado. Parecía un personaje salido de sus sueños victorianos favoritos, y al inspector lo asaltó la incómoda idea de que quizás había aderezado con arsénico los sándwiches de pepino. Glatt les daba mordisquitos mientras hablaba por los codos.

—Qué curioso que el asesinato de Boxdale haya despertado en ti este interés repentino y, si me permites la expresión, un tanto inexplicable; precisamente ayer consulté la libreta con mis notas sobre el asunto. Van a demoler Colebrook Croft para construir una urbanización, así que decidí visitarla por última vez. La familia ya no vive ahí, por supuesto, desde la guerra de 1914. Aunque desde el punto de vista arquitectónico es de una vulgaridad absoluta, lamento que vaya a desaparecer. Podemos acercarnos en coche después del té, si te parece bien.

»Nunca llegué a escribir el libro sobre el caso, ¿sabes? Pensaba titularlo *El misterio de Colebrook Croft* o *¿Quién mató a Augustus Boxdale?* Pero la respuesta era demasiado obvia.

—¿En realidad no había tal misterio? —aventuró Dalgliesh.

—¿Quién sino Allegra Boxdale pudo cometer el asesinato? Su apellido de soltera era Porter, ¿sabes? ¿Crees que su madre le puso así en honor a Byron? Supongo que no. En la segunda página de la libreta, por cierto, hay una imagen de ella, tomada por un fotógrafo en Cannes el día de su boda. La llamo «la bella y la bestia».

La antigua fotografía apenas se había desvaído, y la tía abuela Allie miraba a Dalgliesh con una media sonrisa a través de un abismo de casi setenta años. Su rostro, ancho, de boca grande y nariz más bien chata, estaba flanqueado por sendos mechones negros. Llevaba, como se estilaba entonces, un enorme sombrero de flores, y aunque sus rasgos eran demasiado toscos para conferirle una belleza auténtica, los ojos eran preciosos, ligeramente hundidos y bien espaciados, y el mentón redondo destilaba una férrea determinación. Al lado de aquella amazona joven y llena de vitalidad, el pobre Augustus Boxdale, que se aferraba a su novia como buscando apoyo, parecía una bestia más bien frágil y enclenque. La cámara los había captado en una pose desafortunada. Daba la impresión de que ella estaba a punto de lanzarlo por encima del hombro.

Glatt hizo un gesto de indiferencia.

—¿La cara de una asesina? Las he visto con pinta aún menos sospechosa. Su abogado, naturalmente, insinuó que tal vez el viejo había envenenado sus propias gachas durante el breve lapso en que ella las había puesto a enfriar sobre el lavabo mientras visitaba el aseo. Pero ¿por qué iba a hacerlo? Todo parece indicar que el pobre necio senil se encontraba en un estado de euforia postnupcial. Nuestro Augustus no tenía prisa por abandonar este mundo, y menos aún de un modo tan doloroso. Además, dudo que se hubiera fijado siquiera en que las gachas estaban allí.

—¿Y Marguerite Goddard? —inquirió Dalgliesh—. No hay pruebas sobre la hora exacta en que entró en el dormitorio.

—Ya me imaginaba que preguntarías eso. Ella pudo llegar cuando su abuelastra estaba en el baño, echar el veneno en las gachas, esconderse en la alcoba principal o en algún otro lado hasta que se las llevaran a Augustus, y luego reunirse con este y su nueva esposa como si acabara de subir de la planta baja. Es posible, lo reconozco. Pero poco probable. Las segundas nupcias de su abuelo representaban menos inconvenientes para ella que para el resto de la familia. Su madre era la hija mayor de Augustus Boxdale y se había casado muy joven con un fabricante de medicamentos específicos. Murió de parto, y su marido solo vivió un año más. Marguerite Goddard era una heredera. Además, iba a contraer un matrimonio ventajoso con el honorable capitán John Brize-Lacey. La señorita Goddard, joven, hermosa, dueña de una fortuna familiar, por no hablar de las esmeraldas familiares ni del primogénito de un lord, difícilmente podía considerarse una sospechosa digna de tal nombre. En mi opinión, el abogado defensor, que, como recordarás, era Roland Gort Lloyd, hizo bien al dejarla en paz.

—Un abogado memorable, si no voy errado.

—Extraordinario. No cabe duda de que Gort Lloyd le salvó el pellejo a Allegra Boxdale. Me sé de memoria sus conclusiones finales: «Señores del jurado, les suplico, en el sagrado nombre de la Justicia, que reflexionen sobre la tarea que se les ha encomendado. Les corresponde a ustedes, y a nadie más, decidir el destino de esta mujer. Aquí la ven, joven, dinámica, pletórica de salud, con muchos años de promesas y esperanzas por delante. En sus manos está truncarlo todo como quien desmocha una ortiga con un golpe de bastón; condenarla a la lenta tortura de esos últimos días de espera, de ese último y funesto paseo; ultrajar su nombre con calumnias; profanar el recuerdo de esas pocas semanas felices de vida conyugal con el hombre que tanto la amaba; arrojarla a la oscuridad eterna de una tumba ignominiosa.» Una pausa dramática, y después un *crescendo* con aquella magnífica voz: «Y yo les pregunto: ¿con qué pruebas, señores?» Otra pausa. Luego, atronador: «¿Con qué pruebas?»

—Contundente defensa —comentó Dalgliesh—; ahora bien, me gustaría saber qué efecto causaría en un juez y un jurado modernos.

—Pues en ese jurado de 1902 causó justo el efecto deseado. La abolición de la pena capital ha dejado obsoleto el estilo más histriónico, desde luego. No estoy seguro de que la alusión a las ortigas desmochadas fuera de un gusto irreprochable, pero el jurado captó el mensaje. Decidieron que, en líneas generales, preferían no cargar con la responsabilidad de enviar a la acusada a la horca. Deliberaron durante seis horas, por lo que, cuando por fin emitieron el veredicto, recibieron algunos aplausos. Si a alguno de aquellos respetables ciudadanos le hubieran pedido que apostara cinco libras de su bolsillo por la inocencia de Allegra Boxdale, sospecho que la cosa habría sido muy distinta. Ella lo había ayudado, claro está. La Ley de Pruebas Penales, aprobada tres años antes, le permitió llamarla a declarar como testigo. No por nada era algo parecido a una actriz. De algún modo consiguió convencer al jurado de que amaba de verdad al viejo.

—Y tal vez lo amaba —señaló Dalgliesh—. No creo que la hubieran tratado con mucha amabilidad en la vida. Y él era amable.

—Sin duda, sin duda. ¡Pero tanto como amarlo...! —se impacientó Glatt—. ¡Mi querido Dalgliesh! Era un viejo de sesenta y nueve años extraordinariamente feo. ¡Y ella era una belleza de veintiuno!

Dalgliesh dudaba de que el amor, esa pasión iconoclasta, se rigiera por una aritmética tan simple, pero no replicó.

—La acusación no pudo demostrar que mantuviera

una relación romántica con otra persona —continuó Glatt—. La policía se puso en contacto con su ex compañero, por supuesto. Resultó ser un hombre calvo de baja estatura, astuto como una comadreja, con una esposa pechugona y cinco hijos. Se había mudado a una población costera situada más al sur y trabajaba con una chica nueva. Les dijo con aire pesaroso que las cosas con ella le iban bien, gracias, señores, pero que no le llegaba a los talones a Allie y que, si esta conseguía salvar el pescuezo y algún día necesitaba trabajo, ya sabía a quién acudir. Incluso al policía más suspicaz le habría quedado claro que su interés era puramente profesional. Al fin y al cabo, como dijo él, «¿qué es un poco de arsénico entre amigos?».

»A los Boxdale la suerte no les sonrió después del juicio. El capitán Maurice Boxdale murió en combate en 1916 sin dejar descendencia, y el reverendo Edward perdió a su esposa y a sus hijas gemelas en la epidemia de gripe de 1918. Las sobrevivió hasta 1932. Es posible que el chico, Hubert, aún viva, pero lo dudo. Los miembros de esa familia enfermaban muy a menudo.

»Mi mayor logro, por cierto, fue localizar a Marguerite Goddard. No me imaginaba que siguiera con vida. No llegó a casarse con Brize-Lacey ni con nadie, de hecho. Este, después de distinguirse en la guerra del catorce, regresó sano y salvo, y contrajo matrimonio con una joven de familia ilustre, hermana de un camarada oficial.

Heredó el título en 1925 y murió en 1953. Pero, hasta donde yo sé, Marguerite Goddard podría estar viva. Incluso es posible que resida en el modesto hotel de Bournemouth donde la encontré. A pesar de todo, mis esfuerzos por dar con ella no se vieron recompensados. Se negó en redondo a verme. Esa es la nota que me mandó, por cierto. Justo esa de ahí.

Estaba cuidadosamente pegada a la libreta, en el hueco que le correspondía por orden cronológico y acompañada de meticulosas anotaciones. Aubrey Glatt era un investigador nato: Dalgliesh no pudo por menos de preguntarse si no podría aprovechar aquella pasión por el rigor en cosas más gratificantes que la minuciosa documentación de asesinatos.

La nota estaba escrita en una elegante caligrafía recta, con trazos negros y muy finos pero bien definidos y ejecutados con pulso firme:

La señora Goddard envía un cordial saludo al señor Aubrey Glatt. Ella no asesinó a su abuelo y no dispone de tiempo ni de ganas para satisfacer su curiosidad respecto a quién lo mató.

—Al recibir tan desconsiderado mensaje, concluí que sería inútil proseguir en mi empeño de escribir el libro —dijo Aubrey Glatt.

Saltaba a la vista que su fascinación por la Inglaterra eduardiana abarcaba un campo más amplio que el de los asesinatos, y se pusieron en marcha hacia Colebrook Croft, situada en lo alto de las verdes colinas de Hampshire, en un elegante Daimler de 1910. Aubrey llevaba una fina chaqueta de *tweed* y una gorra de cazador que, a ojos de Dalgliesh, le daba un aire a Sherlock Holmes y hacía que él se sintiera como su ayudante Watson.

—Hemos llegado justo a tiempo, mi querido Dalgliesh —dijo cuando llegaron—. Las máquinas de destrucción están preparadas. Esa bola que cuelga de una cadena parece el ojo de Dios, a punto de embestir. Será mejor que anunciemos nuestra presencia a los peones que andan por aquí. No querrás entrar sin autorización en una propiedad privada, ¿verdad?

Aunque las obras de demolición aún no habían comenzado, alguien había desvalijado y saqueado la casa, y sus pasos resonaban en las grandes estancias vacías como en un cuartel desierto y desolado tras la retirada final. Mientras pasaban de una habitación a otra, Glatt se lamentaba por las glorias olvidadas de una época que no había llegado a disfrutar por haber nacido demasiado tarde; Dalgliesh tenía la mente ocupada en cuestiones más inmediatas y prácticas.

El diseño de la casa era simple y formal. El primer piso, en el que se encontraban casi todos los dormitorios, contaba con un pasillo largo que discurría paralelo a la fachada. En la alcoba principal, situada en el extremo sur, había dos ventanales desde los que se divisaba a lo lejos la torre de la catedral de Winchester.

El pasillo principal tenía una hilera de ventanas grandes idénticas. Alguien se había llevado las barras de latón y las anillas de madera (convertidas en artículos de coleccionismo), pero las galerías primorosamente talladas seguían en su sitio. Allí debían de colgar unas cortinas gruesas que ofrecían cobijo a quien quisiera estar a salvo de las miradas ajenas. Dalgliesh reparó con interés en que una de las ventanas estaba justo enfrente de la puerta del dormitorio principal. Cuando, después de marcharse de Colebrook Croft, Glatt lo llevó a la estación de Winchester, una teoría empezaba a cobrar forma en la mente del inspector.

El siguiente paso sería localizar a Marguerite Goddard, si aún vivía. Se entregó durante casi una semana a una búsqueda incesante, siguiendo un rastro descorazonador de un hotel a otro a lo largo de la costa meridional. En casi todas partes sus indagaciones topaban con una hostilidad defensiva. Era la historia típica de una mujer de edad muy avanzada que se volvía más exigente, arrogante y excéntrica conforme decaían su salud y su fortuna; provocaba situaciones violentas tanto para el gerente como para los otros huéspedes. Todos los establecimientos eran modestos, algunos incluso sórdidos. Dalgliesh se preguntó qué habría sido del legendario patrimonio de los Goddard.

Por boca de la última hostelera se enteró de que la señorita Goddard había empezado a sentirse mal; muy mal, de hecho, y que seis meses atrás se la habían llevado al hospital general de la región. Y fue allí donde él la encontró.

La enfermera jefe era sorprendentemente joven, una chica menuda y morena con expresión cansada y mirada desafiante.

—La señorita Goddard está muy enferma —dijo—. La hemos trasladado a una de las salas laterales. ¿Es usted pariente suyo? En tal caso, es el primero que se ha tomado la molestia de venir a verla. Tiene suerte de haber llegado a tiempo. Cuando delira, dice que espera la visita de un tal capitán Brize-Lacey. No será usted, ¿verdad?

—El capitán Brize-Lacey no vendrá. No, no soy pariente. Ella ni siquiera me conoce. Pero me gustaría verla, si está en condiciones y dispuesta a recibirme. ¿Sería tan amable de entregarle esta nota?

No deseaba imponerle su presencia a una mujer indefensa y moribunda. Ella aún tenía derecho a decir que no. Temía que rehusara hablar con él, pues entonces jamás averiguaría la verdad. Escribió cuatro palabras en la última página de su diario, firmó, la arrancó y, tras doblar el papel, se lo tendió a la enfermera.

Esta no tardó en regresar.

—Ha accedido a recibirle. Está muy débil, por supuesto, y tiene muchos años, pero en este momento está totalmente lúcida. Solo le pido que no la canse demasiado.

—Procuraré no quedarme mucho rato.

La joven soltó una carcajada.

—No se preocupe; ella le echará en cuanto se aburra. Les hace la vida imposible al capellán y a la bibliotecaria de la Cruz Roja. Tercera planta a la izquierda. Debajo de la cama encontrará un taburete en el que sentarse. Cuando el tiempo de la visita llegue a su fin, tocaremos la campana.

Se marchó a toda prisa, dejándolo solo para que encontrara el camino por su cuenta. En el pasillo reinaba una calma absoluta. Al final, alcanzaba a entrever por la puerta abierta de la sala principal las ordenadas hileras de camas con sus cobertores azul claro, los colores vivos de las flores que había sobre algunas mesas y las agobiadas visitas que se dirigían en parejas hacia las cabeceras. Se oía un leve murmullo de bienvenida, un rumor de voces. Pero nadie visitaba las salas laterales. Allí, en el silencio del aséptico pasillo, Dalgliesh percibía el olor de la muerte.

La mujer, recostada sobre una pila de almohadas en

la tercera sala a la izquierda, ya no ofrecía una apariencia humana. Yacía rígida, con los largos brazos tiesos como palos sobre la colcha. Era un esqueleto recubierto de una fina membrana de piel cuya amarilla traslucidez permitía ver los tendones y las venas con tanta claridad como en un modelo anatómico. Estaba prácticamente calva, y el abombado cráneo, bajo una rala capa de pelusilla, parecía tan quebradizo y frágil como el de un niño. Solo se apreciaba vida en sus ojos, que centelleaban en sus profundas cuencas con una vitalidad animal. Sin embargo, cuando hablaba, la firmeza y el peculiar timbre de su voz evocaban mucho mejor que su aspecto reminiscencias de una juventud arrogante.

Ella cogió la nota que él había escrito y leyó cuatro palabras en alto:

—«Lo hizo el niño.» Está en lo cierto, por supuesto. Hubert Boxdale, el niño de cuatro años, mató a su abuelo. Ha firmado este mensaje como Adam Dalgliesh. No había ningún Dalgliesh implicado en el caso.

—Soy inspector de la Policía Metropolitana, pero no estoy aquí en misión oficial. Conozco este caso desde hace años gracias a un buen amigo. Esto ha despertado en mí una curiosidad natural por averiguar la verdad. Y he elaborado una teoría.

—¿Y ahora quiere escribir un libro como ese farsante de Aubrey Glatt?

—No. No se lo contaré a nadie. Le doy mi palabra.

—Gracias —respondió ella en tono irónico—. Me estoy muriendo, señor Dalgliesh. No se lo digo para que me compadezca, lo que sería una impertinencia por su parte y algo que yo no deseo ni le pido, sino para que entienda por qué no me importa lo que usted haga o diga. Pero yo también tengo una curiosidad natural. Está claro que la intención de su nota era provocarla. Me gustaría saber cómo descubrió la verdad.

Dalgliesh sacó el taburete para visitas de debajo de la cama y se sentó a su lado. Ella no lo miró. Las esqueléticas manos, que aún sujetaban la nota, no se movieron.

—Todas las personas presentes en Colebrook Croft que habrían podido asesinar a Augustus Boxdale habían quedado descartadas, salvo la única de quien nadie habría sospechado: el niño. Era un pequeño inteligente que se expresaba muy bien. Casi con toda seguridad lo dejaban que se las arreglara solo. Su niñera no había acompañado a la familia a Colebrook Croft, y los criados que se habían quedado allí en Navidad tenían más trabajo que de costumbre y además debían ocuparse de las delicadas gemelas. El niño probablemente pasaba mucho tiempo con su abuelo y la nueva esposa de este. Ella también estaba sola, y los demás apenas le prestaban atención. El pequeño quizá la seguía de un lado a otro mientras realizaba sus diversas actividades. Tal vez la vio prepararse la loción facial con arsénico y cuando le preguntó, con el interés propio de su edad, para qué servía, quizás ella contestó «para mantenerme joven y guapa». Él quería a su abuelo, pero, sin duda, sabía que no era joven ni guapo. Supongamos que la noche del 26 de diciembre se despertó, aún con el estómago lleno y excitado tras las celebraciones navideñas. Supongamos que se dirigió a la habitación de Allegra Boxdale en busca de consuelo y compañía, y se encontró allí con el cuenco de gachas y la solución de arsénico, uno al lado del otro sobre el lavabo. Supongamos que decidió hacer algo para ayudar a su abuelo.

—Y supongamos que, sin que él se diera cuenta, una persona lo observaba desde la puerta —murmuró la voz desde la cama.

—¿De modo que estaba usted detrás de las cortinas del rellano, mirando por la puerta abierta?

—Pues claro. Él se arrodilló sobre la silla, cogió el cuenco de veneno entre sus manos regordetas y vertió el contenido en las gachas de su abuelo con sumo cuidado. Lo vi tapar de nuevo el cuenco con el paño de lino, bajarse de la silla, empujarla con delicadeza exquisita hasta su lugar junto a la pared y salir trotando al pasillo en dirección a su cuarto. Unos instantes después, entré en el dormitorio principal. El cuenco con veneno era un poco pesado para las manitas de Hubert, por lo que había dejado un pequeño charco en la lustrosa superficie del lavabo. Lo limpié con mi pañuelo. A continuación, eché agua de la jarra en el cuenco del veneno hasta reponer el líquido que faltaba. Esto solo me llevó un par de segundos, por lo que pude reunirme enseguida con Allegra y mi abuelo en el dormitorio y permanecer sentada a su lado mientras él se comía las gachas.

»Presencié su muerte sin compasión ni remordimiento. Creo que los detestaba a ambos por igual. El abuelo, que me había adorado, agasajado y consentido durante mi infancia, se había convertido en ese viejo lascivo y asqueroso, incapaz de quitarle las manos de encima a esa mujer, incluso estando yo en la habitación. Nos había rechazado a mí y a mi familia, había puesto en peligro mi compromiso, había conseguido que el condado entero se riera de nuestro apellido, y todo por una mujer a la que mi abuela no habría empleado como moza de cocina. Los quería muertos a los dos. Y los dos iban a morir. Pero no por mi mano. Me engañé a mí misma, convenciéndome de que no sería obra mía.

—¿Cuándo se enteró ella? —quiso saber Dalgliesh.

—Esa misma noche. Cuando comenzó la agonía de mi abuelo, fue en busca de la jarra de agua. Quería ponerle un paño frío en la frente. Entonces se percató de que el nivel del agua había bajado y de que alguien había secado el pequeño charco que había sobre la superficie del lavabo. Yo debería haber imaginado que ella se había fijado en él. Estaba adiestrada para reparar en todos los detalles. En un primer momento supuso que Mary Huddy había derramado un poco de agua al depositar sobre el lavabo la bandeja y el cuenco con las gachas. Pero ¿quién podía haberlo limpiado sino yo? Y ¿por qué?

—¿Y cuándo le reveló a usted que conocía la verdad?

—Esperó hasta después del juicio. Allegra era una mujer de una valentía admirable. Sabía a lo que se exponía. Pero también sabía lo que podía ganar. Se jugó la vida por una fortuna.

De pronto, Dalgliesh comprendió cuál había sido el destino de la herencia Goddard.

—¿De modo que la obligó a usted a pagar?

—Ya lo creo. Hasta el último penique. La fortuna de los Goddard, las esmeraldas de los Goddard. Vivió con todo lujo durante sesenta y siete años con mi dinero. Se pagaba la comida y la ropa con mi dinero. Cuando se trasladaba de un hotel a otro con sus amantes, lo costeaba con mi dinero. Los remuneraba con mi dinero. Y, si le queda algo, cosa que dudo, es mi dinero. Mi abuelo dejó muy poco. Estaba senil y permitió que su fortuna se le escurriera entre los dedos.

—¿Y su compromiso con el oficial?

—Se rompió, podríamos decir que de mutuo acuerdo. Un matrimonio, señor Dalgliesh, es como cualquier otro contrato legal. Brinda mejores resultados cuando ambas partes están convencidas de que es una bicoca. Aquel escandaloso asesinato cometido en el seno de la familia bastó para desalentar al capitán Brize-Lacey. Era un hombre orgulloso y muy apegado a la tradición. Pero eso no le habría impedido tolerar la situación siempre y cuando la fortuna y las esmeraldas de los Goddard ayudaran a disimular el mal olor. Pero era imposible que el matrimonio prosperase si él descubría que se había casado con una mujer de posición social inferior, perteneciente a una familia que había protagonizado un escándalo mayúsculo y carecía de una fortuna que compensara tantas molestias.

—En cuanto cedió usted al chantaje, no le quedó más remedio que seguir pagando. Eso lo entiendo. Pero ¿por qué cedió? Ella seguramente no estaba dispuesta a contar su versión de los hechos. Habría implicado al niño.

—¡Oh, no! Eso no formaba parte de su plan en absoluto. Nunca tuvo intención de involucrar a Hubert. Era una mujer sentimental y le profesaba un gran afecto. No, pretendía acusarme directamente del asesinato. Luego, aunque yo decidiera revelar la verdad, ¿de qué me serviría? Después de todo, yo había limpiado el líquido derramado y había añadido agua al cuenco. No olvide que ella no tenía nada que perder, ni la vida ni la reputación. No podían juzgarla dos veces. Por eso aguardó a que concluyese el juicio. Era una forma de garantizar su seguridad.

»Por lo que a mí respecta, en los círculos en que me movía en aquella época la reputación lo era todo. Le habría bastado con susurrarles la historia al oído a algunos criados para hundirme por completo. La verdad puede ser de lo más persistente. Además, no se trataba solo de una cuestión de reputación: la sombra de la horca se cernía sobre mí.

—Pero ¿ella podía demostrarlo? —preguntó Dalgliesh.

La anciana lo miró de repente y soltó una carcajada aguda y escalofriante. Le desgarró la garganta de tal manera que él temió que se le rompieran las cuerdas vocales.

—¡Claro que podía, so memo! ¿Es que no lo entiende? Se había guardado mi pañuelo, el que yo había usado para secar la solución de arsénico. En eso consistió su profesión, ¿recuerda? En algún momento de esa noche, quizá cuando todos estábamos arracimados en torno a la cama, dos dedos rechonchos se abrieron paso entre el raso del vestido y mi piel y sustrajeron el trozo de tela manchado e incriminador. —Se inclinó trabajosamente hacia el armario que se encontraba junto a la cama. Al comprender lo que quería hacer, Dalgliesh abrió el cajón. Dentro, encima de todo, había un pequeño cuadrado de un lino muy fino con ribete de encaje tejido a mano. Lo cogió. En una esquina, delicadamente bordado, tenía el monograma de la señorita Goddard. La mitad del pañuelo aún estaba rígida y manchada de marrón—. Ella había dejado instrucciones a sus abogados de que me lo devolvieran tras su muerte. Siempre sabía dónde me hallaba. Pero ahora está muerta. Y pronto me reuniré con ella. Puede quedarse con el pañuelo, señor Dalgliesh. Ya no nos será de mucha utilidad a ninguna de las dos.

Dalgliesh se lo guardó en el bolsillo sin pronunciar palabra. Se encargaría de quemarlo lo antes posible. Pero quería añadir algo.

—¿Hay algo que desee pedirme? ¿Alguien a quien quiera contárselo, o que yo se lo cuente? ¿Le gustaría hablar con un sacerdote?

De nuevo se oyó una carcajada aguda y espeluznante, pero más suave.

—No tendría nada que decirle a un sacerdote. Solo me arrepiento de lo que hice porque no salió bien. No es precisamente la disposición de ánimo ideal para una confesión. Pero a ella no le deseo ningún mal. Hay que saber perder. Y, a pesar de todo, he pagado, señor Dalgliesh. He pagado durante sesenta y siete años. Y en este mundo, jovencito, los ricos solo pagan una vez. —Se acostó de nuevo, como presa de un agotamiento súbito. Se impuso el silencio, hasta que agregó con un vigor repentino—: Me parece que su visita me ha hecho bien. Le agradecería que volviera todas las tardes durante los siguientes tres días. Después de eso, no le molestaré más.

Dalgliesh consiguió que le concedieran unos días más de permiso, no sin cierta dificultad, y se alojó en un hostal de la localidad. Iba a verla cada tarde. No volvieron a tocar el tema del asesinato. Y, cuando él se presentó puntualmente a las dos de la tarde del cuarto día, le comunicaron que la señorita Goddard había fallecido por la noche mientras dormía, al parecer sin importunar a nadie. Como ella decía, había aprendido a perder.

Una semana después, Dalgliesh le expuso los resultados de su investigación al canónigo.

—He hablado con un hombre que ha llevado a cabo un estudio detallado del caso. He leído las actas del juicio y visitado Colebrook Croft. Y he visto a otra persona, estrechamente relacionada con el suceso, pero que ya ha muerto. Sé que usted sabrá comprender que, por respeto a la confidencialidad, no le revele más que los datos imprescindibles.

El canónigo murmuró unas palabras de aprobación.

—En conclusión —se apresuró a continuar Dalgliesh—, puedo darle mi palabra de que el veredicto fue justo y que no llegará a sus manos un solo penique de la fortuna de su abuelo en virtud de las malas acciones de otra persona.

Desvió la vista y se quedó contemplando la ventana. Se produjo una larga pausa. Sin duda, el anciano estaba expresando su agradecimiento a su manera. De pronto, Dalgliesh cayó en la cuenta de que su padrino estaba hablando. Decía algo sobre la gratitud, sobre aquella ocasión en que había renunciado a seguir investigando.

—Te ruego que no me malinterpretes, Adam, pero una vez cumplidas las formalidades, me gustaría hacer una donación a la organización benéfica que tú elijas, una que signifique mucho para ti.

Dalgliesh sonrió. Sus obras de caridad eran impersonales: el banco efectuaba un pago trimestral por orden suya. Para el canónigo, las asociaciones benéficas eran como prendas viejas; todas eran útiles, pero algunas le sentaban mejor, por lo que les tenía más apego que a las otras.

Sin embargo, tuvo un golpe de inspiración y dijo:

—Me alegra que se le haya ocurrido esta idea, señor. Lo que he averiguado sobre la tía abuela Allie me ha parecido fascinante. Sería un placer para mí realizar un donativo en su nombre. ¿Verdad que existe una asociación que presta asistencia a jubilados e indigentes que se ganaban la vida como artistas de variedades, prestidigitadores y demás?

Como era de prever, el canónigo sabía de su existencia e incluso conocía su nombre.

—En ese caso, canónigo —prosiguió Dalgliesh—, creo que la tía abuela Allie habría estado del todo de acuerdo en que una donación en su nombre sería sumamente apropiada.

Las doce pistas de Navidad

La súbita aparición en la carretera de una figura haciendo señas desesperadas al conductor que se aproxima en la oscuridad de una tarde invernal es una situación tan socorrida en la ficción que, cuando le sucedió al recientemente ascendido sargento Adam Dalgliesh, lo primero que le pasó por la cabeza fue que de algún modo se había introducido en uno de esos cuentos de Navidad que se escriben para provocar un escalofrío a los lectores de semanarios de postín. Sin embargo, la figura era real y la urgencia aparentemente legítima.

Dalgliesh bajó la ventanilla de su MG Midget, por la que entraron una ráfaga del frío aire de diciembre, un remolino de nieve blanda y la cabeza de un hombre.

—¡Gracias a Dios que ha parado! Tengo que telefonear a la policía. Mi tío se ha suicidado. Vengo de Harkerville Hall.

—¿No tiene teléfono?

—Si lo tuviera no lo habría interceptado. Se ha averiado. Ocurre a menudo. Y el coche no arranca.

Dalgliesh había reparado en que había una cabina telefónica a las afueras de un pueblo por el que había pasado hacía menos de cinco minutos. Por otro lado, se hallaba a solo diez minutos en coche de la casita de su tía, en la costa de Suffolk, donde iba a pasar la Navidad. Pero ¿por qué perturbar su privacidad metiendo en casa a un desconocido que no parecía especialmente simpático?

—Puedo llevarlo hasta una cabina —se ofreció—. Acabo de ver una en los alrededores de Wivenhaven.

—Pues dese prisa. Es urgente. Está muerto.

—¿Está seguro?

—Claro que estoy seguro. Se le ha enfriado el cuerpo, no respira y no tiene pulso.

Dalgliesh estuvo tentado de comentar «en ese caso, no corre mucha prisa», pero se contuvo.

El desconocido hablaba en un tono severo y didáctico, y Dalgliesh supuso que su semblante sería igual de poco amigable. No obstante, llevaba un grueso abrigo de *tweed* con el cuello levantado, por lo que solo resultaba visible su larga nariz. Dalgliesh se inclinó para abrir la portezuela izquierda y el hombre subió al coche. Era evidente que lo embargaba una emoción auténtica, pero

Dalgliesh percibió en él más nerviosismo y disgusto que conmoción o pena.

—Será mejor que me presente —dijo el pasajero con malos modos—. Me llamo Helmut Harkerville, y no soy alemán. A mi madre le gustó el nombre.

No parecía haber respuesta posible a eso. Dalgliesh se presentó a su vez, y realizaron el trayecto hasta la cabina en un silencio poco cordial.

—Vaya por Dios, me he dejado el dinero —dijo Harkerville al apearse, molesto.

Dalgliesh se hurgó en el bolsillo de la chaqueta, le entregó un surtido de monedas y se bajó para seguirlo hasta el teléfono. A la policía local no le haría mucha gracia recibir una llamada a las cuatro y media de la mañana de la vigilia de Navidad, y si se trataba de alguna clase de broma, Dalgliesh prefería no participar activamente en ella. Por otro lado, decidió que lo más decente sería telefonear a su tía para avisarle de su posible retraso.

La primera llamada duró unos minutos.

—Se lo han tomado con una calma increíble —dijo Harkerville, irritado, cuando por fin salió—. Como si suicidarse por Navidad fuera lo más normal del mundo en este país.

—La gente de Anglia Oriental es fuerte. De vez en cuando a algún familiar lo asalta la tentación, pero la mayoría consigue resistirla.

Una vez finalizada la llamada de Dalgliesh, llegaron en coche al punto en que él había recogido a su pasajero.

—Hay un desvío a la derecha un poco más adelante —dijo Harkerville de forma escueta—. Harkerville Hall está a kilómetro y medio, más o menos.

Mientras conducía en silencio, a Dalgliesh se le ocurrió que quizá su responsabilidad iba más allá de dejar a su pasajero frente a la puerta de su casa. Al fin y al cabo, era un agente de la ley. Aunque se encontraba fuera de su territorio, quizá convenía que confirmase que el cadáver era, en efecto, uno por el que ya nada podía hacerse, y que aguardara a que llegase la policía local. Le planteó esta propuesta a su acompañante, en tono tranquilo pero firme, y al cabo de un minuto recibió su renuente aprobación.

—Como usted quiera, pero pierde el tiempo. Dejó una nota. Esto es Harkerville Hall, pero si fuera de por aquí ya la conocería, al menos de vista.

De hecho, Dalgliesh conocía aquella casa solariega de vista, así como la reputación de su propietario, de oídas. Era un edificio que no pasaba inadvertido. Supuso que en la actualidad ni siquiera la autoridad urbanística más complaciente habría autorizado su construcción cerca de uno de los tramos más atractivos de la costa de Suffolk. En la década de 1870 prevalecían criterios más indulgentes. El señor de Harkerville de aquel entonces había amasado millones vendiendo una mezcla de opio, bicarbonato de sodio y regaliz a insomnes, dispépticos e impotentes y se había retirado a Suffolk, donde habría de erigir aquel símbolo de su posición social, concebido para impresionar a los vecinos y causar molestias a los criados. Su dueño actual tenía fama de ser igual de rico, desalmado y solitario.

—He venido a pasar la Navidad aquí, como de costumbre, con mis hermanos Gertrude y Carl —dijo Helmut—. Mi esposa no está con nosotros. No se sentía con ánimos. Ah, y hay una cocinera temporal, la señora Dagworth. Respondió a un anuncio que publiqué en el *Lady's Companion*, tal como me indicó mi tío, y la trajimos con nosotros anoche. Su cocinera y ama de llaves habitual y Mavis, la doncella, celebran las fiestas en sus casas respectivas.

Tras poner a Dalgliesh al corriente de su vida doméstica con aquella relación, sin duda, innecesaria, se sumió en un nuevo silencio.

La mansión apareció ante ellos tan de repente que Dalgliesh frenó de forma instintiva. Parecía encabritarse a la luz de los faros como si, en vez de una morada humana, fuera una aberración del mundo natural. El arquitecto, si es que se habían contratado los servicios de uno, había comenzado aquella monstruosidad como una casa grande, cuadrada y de múltiples ventanas, con ladrillo rojo para luego, llevado por un perverso frenesí creativo, levantar un enorme porche ornamental que más bien semejaba el pórtico de una catedral, añadir cuatro ventanas en saliente y decorar el tejado con una torrecilla en cada esquina y una cúpula en el centro.

Aunque había nevado toda la noche, la mañana había sido seca y gélida. Ahora, sin embargo, los primeros copos, cada vez más gruesos, empezaban a borrar la doble huella de neumáticos que iluminaban los faros. No se oía ruido alguno mientras se acercaban, y la casa en sí parecía desierta. Solo en la planta baja y en una ventana del piso de arriba se vislumbraba, a través de los resquicios de las cortinas cerradas, una luz débil.

Hacía frío en el amplio vestíbulo, revestido con paneles de roble y mal iluminado. Dentro de una chimenea profunda y oscura había una estufa eléctrica de dos resistencias, y un ramo de acebo metido detrás de un retrato pesado y mediocre, más que mitigar la penumbra, la reforzaba. El hombre que los había recibido y ahora cerraba tras ellos la puerta de roble macizo era, sin duda alguna, Carl Harkerville. Al igual que su hermana, que acudió a toda prisa, tenía la nariz de la familia, ojos brillantes y desconfiados, y labios finos y apretados. Una segunda mujer permanecía al margen del grupo con aire de hosca desaprobación. Aunque no se la presentaron, Dalgliesh supuso que debía de tratarse de la cocinera eventual, pese a que la fina tira adhesiva que llevaba en el dedo medio de la mano derecha parecía indicar cierta incompetencia en el manejo del cuchillo. Su boca diminuta y torva y sus ojos negros y suspicaces denotaban una mente tan encorsetada como su cuerpo. Cuando Helmut describió a Adam Dalgliesh como «un sargento de la Policía Metropolitana», sus hermanos reaccionaron con un mutismo receloso, y la señora Dagworth reprimió un grito de susto. La familia guio a Dalgliesh escaleras arriba hacia el dormitorio, y ella los siguió.

La habitación, recubierta también con paneles de roble, era enorme. El lecho, de la misma madera, contaba con cuatro columnas y un dosel, y el difunto yacía sobre el cubrecama. Solo llevaba puesto el pijama, de cuyo ojal superior sobresalía una ramita de acebo seco con incontables hojas espinosas y bayas secas. Destacaba la nariz de los Harkerville, picada y cubierta de cicatrices como la proa de un barco tras numerosos viajes. Los párpados estaban cerrados con fuerza, como por un acto de voluntad. La boca, bien abierta, estaba repleta de algo que tenía todo el aspecto de pudin de Navidad. Las manos crispadas, con las uñas curiosamente largas y pringadas de ungüento, descansaban de través sobre su vientre. En la cabeza tenía una corona de papel de seda rojo, sin duda, procedente del envoltorio de un petardo. Sobre la pesada mesilla de noche había una lámpara que emitía una luz mortecina, una botella de whisky vacía, un frasco de píldoras, también vacío, un tarro abierto que contenía un ungüento pestilente y cuya etiqueta rezaba «Restaurador capilar Harkerville», un termo pequeño, un petardo de Navidad usado y un cuenco con pudin de Navidad al que le faltaba un trozo en la parte de arriba. Además, había una nota.

El mensaje estaba escrito con una letra sorprendentemente firme. Dalgliesh lo leyó:

Llevo un tiempo planeando esto, y si no os gusta, os aguantáis. Esta será mi última Navidad en familia, afortunadamente. Adiós al indigesto pudin navideño de Gertrude y a su pavo recocido. Adiós a los ridículos gorros de papel. Adiós a las ramitas de acebo repartidas a troche y moche por toda la casa. Adiós a vuestras repelentes y feas caras y a vuestra compañía embrutecedora. Tengo derecho a un poco de paz y felicidad. Me iré a un lugar donde puedo encontrarlas, y donde mi amada estará esperándome.

—Siempre fue muy bromista —comentó Helmut Harkerville—, pero yo habría esperado que muriese con un poco de dignidad. Verlo así nos ha causado una impresión terrible, sobre todo a mi hermana. Aunque lo cierto es que el tío nunca fue muy considerado con los demás.

—*Nil nisi bonum*, Helmut, *nil nisi bonum* —le reprochó su hermano con serenidad—. Ya habrá aprendido la lección.

—¿Quién lo ha descubierto? —preguntó Dalgliesh.

—Yo —respondió Helmut—. Bueno, al menos he sido el primero en subir la escalera. Aquí no acostumbramos a tomar té a primera hora, pero el tío siempre se llevaba a la cama un termo de café cargado para bebérselo por la mañana con un trago de whisky. Por lo general se levantaba temprano, así que, como a las nueve aún no había bajado a desayunar, la señora Dagworth vino a ver si se encontraba bien. La puerta estaba cerrada con llave, pero él exigió a voces que no lo molestaran. Puesto que a la hora del almuerzo seguía sin aparecer, mi hermana lo intentó de nuevo. No respondía, de modo que sacamos la escalera de mano y entramos por la ventana. Sigue allí.

La señora Dagworth se encontraba de pie junto a la cama, rígida y en actitud de clara disconformidad.

—Se me contrató para que preparase una cena de Navidad para cuatro. Nadie me advirtió de que la casa era una monstruosidad sin calefacción ni que el dueño tenía impulsos suicidas. Solo Dios sabe cómo se las apañaba la cocinera habitual para soportar esto. No han reformado la cocina en ochenta años. Les aseguro que no pienso quedarme un día más. En cuanto llegue la policía, me iré. Y presentaré una queja al *Lady's Companion*. Considérense afortunados si consiguen otra cocinera.

—El último autobús a Londres en la noche de Navidad sale temprano, y no hay otro hasta el día 26 —dijo Helmut—. Tendrá que quedarse hasta entonces, de modo que, ya que está aquí, será mejor que haga aquello para lo que se le paga: trabajar.

—Para empezar, podría prepararnos un té bien caliente y cargado. Me estoy helando —intervino su hermano.

En efecto, hacía un frío insólito en la habitación.

—La temperatura en la cocina será un poco más soportable —observó Gertrude—. Menos mal que tenemos la estufa AGA. Propongo que bajemos todos allí.

A Dalgliesh le habría apetecido algo un poco más propio de esa época que el té, y pensó en la suculenta cena que lo esperaba en la casita de su tía, el burdeos cuidadosamente elegido ya abierto, el crepitar y el olor a mar de los trozos de madera recogidos en la playa que ardían en la chimenea. Pero por lo menos la cocina estaba caldeada. La estufa de hierro fundido era el único mueble razonablemente moderno. El suelo era de baldosas, el fregadero doble estaba cubierto de manchas, y un aparador descomunal, repleto de jarras, tazas, platos y tarros, cubría una pared, junto a varios armarios igualmente atestados de objetos. En un tendedero de techo había varios paños de cocina, lavados pero aún con manchas, que colgaban como tristes banderas de paz.

—He traído un pastel de Navidad. Podríamos partirlo —propuso Gertrude.

—Mejor no, Gertrude —dijo Carl en voz baja—. Creo que me resultaría muy difícil digerirlo estando el tío de cuerpo presente. Seguramente quedan galletas en el tarro.

La señora Dagworth, con el rostro convertido en una máscara de resentimiento, retiró del aparador una lata que llevaba escrita la palabra «azúcar», echó unas cucharadas de té en la tetera y, tras escarbar en un armario, extrajo un tarro rojo y grande. Las galletas estaban rancias y reblandecidas. Dalgliesh rehusó coger una, pero, en cambio, cuando le ofrecieron té aceptó encantado.

—¿Cuándo vieron a su tío con vida por última vez? —preguntó.

—Anoche cenó con nosotros —contestó Helmut—. Llegamos hacia las ocho de la tarde y, naturalmente, su cocinera no nos había dejado nada preparado. Nunca lo hace. Pero habíamos traído fiambres y ensalada, y eso cenamos. La señora Dagworth abrió una lata de sopa. A las nueve, justo después de las noticias, el tío anunció que se iba a la cama. Nadie volvió a verlo ni oírlo salvo la señora Dagworth.

—Cuando subí a avisarle que el desayuno estaba listo y me gritó que me largara, lo oí detonar el petardo —contó la aludida—. Lo que significa que poco después de las nueve aún estaba vivo.

—¿Está segura de lo que ha oído? —inquirió Dalgliesh.

—Por supuesto. Sé distinguir el estallido de un petardo. Me pareció un poco raro, así que me acerqué a la puerta gritando: «¿Está usted bien, señor Harkerville?» Él contestó: «Claro que estoy bien. Váyase y no vuelva.» Fue la última vez que habló con alguien.

—Si usted alcanzó a oírlo, él debía de encontrarse junto a la puerta. Es de madera maciza.

A la señora Dagworth se le congestionó el rostro.

—Pues será todo lo maciza que quiera —dijo—, pero yo sé lo que oí: el estallido del petardo y su voz exigiéndome que me marchara. De todos modos, lo ocurrido está muy claro. Tienen la nota de suicidio, ¿no es así? Esa es su letra.

—Subiré a su habitación a vigilarla —dijo Dalgliesh—. Vosotros esperad a que llegue la policía de Suffolk.

No había ningún motivo para que él montara guardia en el dormitorio, por lo que temía en parte que alguien protestase. Sin embargo, nadie lo hizo, de modo que subió la escalera solo. Entró en la habitación y cerró la puerta con la llave, que aún estaba en la cerradura. Se acercó a la cama, examinó el cadáver con detenimiento, olió el ungüento con un gesto de desagrado y se inclinó de nuevo sobre el fallecido. Aún tenía las manos ligeramente agarrotadas, pero Dalgliesh palpó en la palma derecha un trozo de pudin de Navidad. Aunque el *rigor mortis* empezaba a manifestarse en la parte superior del cuerpo, levantó la rígida cabeza con delicadeza y estudió la almohada.

Tras inspeccionar los restos del petardo, centró su atención en la nota. Al darle la vuelta, advirtió que el dorso de la hoja presentaba un ligero tono marrón, como si lo hubieran chamuscado. Cuando se acercó a la gigantesca chimenea, vio que alguien había estado quemando papeles. Una pirámide de ceniza blanca todavía despedía calor. La incineración se había llevado a cabo a conciencia, salvo por un pequeño trozo de tabla con lo que parecía un cuerno de unicornio, y un pedacito de una carta. Era de un papel grueso, y las pocas palabras que había escritas a máquina en él se leían con claridad: «Ochocientas libras parecen una suma razonable.» Eso era todo. Dejó ambos fragmentos donde estaban.

A la derecha de la ventana había un pesado secreter de roble. Parecía indicar que Cuthbert Harkerville dormía más tranquilo manteniendo los documentos importantes a mano. Aunque el mueble no estaba cerrado con llave, se encontraba vacío excepto por unos fajos de facturas satisfechas, sujetos con gomas elásticas. Tanto la superficie del escritorio como la repisa de la chimenea estaban despejadas. Dentro del enorme armario, que olía a naftalina, no había más que ropa.

Dalgliesh decidió echar un vistazo a las habitaciones contiguas, cosa que hizo con cierto reparo, pues no había pedido autorización para ello. La alcoba que ocupaba la señora Dagworth presentaba una decoración tan sombría como la celda de una prisión, y el único elemento destacable era un oso disecado y cubierto de moho que sostenía una bandeja de latón. Una maleta aún cerrada descansaba sobre una cama demasiado estrecha en la que solo había una almohada, y además dura.

La estancia de la derecha era igual de pequeña, pero por lo menos la ausente Mavis le había dado unas pinceladas de personalidad adolescente. Varios pósteres de estrellas del cine y de la música pop adornaban las paredes. Había un maltratado pero cómodo sillón de mimbre y un edredón estampado con ovejas saltarinas de color rosa y azul cubría el lecho. El pequeño y desvencijado armario estaba vacío; Marvis había tirado los frascos medio vacíos de maquillaje a la papelera y encima había echado varias prendas viejas y sucias.

Dalgliesh regresó al dormitorio principal y dio por terminada la infructuosa búsqueda de dos objetos que faltaban.

El pueblo se hallaba a seis kilómetros, y el agente Taplow tardó media hora en llegar. Era un hombre maduro y fornido, y había realzado su corpulencia natural con las capas de ropa que había juzgado necesarias para montar en bicicleta en diciembre. A pesar de que la nevada había amainado, insistió en entrar en la casa con el vehículo. Ante la desaprobación, evidente pero muda, de la familia, lo apoyó con cuidado contra la pared del vestíbulo y le dio unas suaves palmaditas en el sillín, como si guardara un caballo en una cuadra.

Dalgliesh se presentó y explicó el motivo de su presencia.

—En ese caso, me imagino que estará deseando proseguir su camino —dijo el agente Taplow—. No tiene sentido que se quede más tiempo. Ya me ocuparé yo de esto.

—Subiré con usted —aseveró Dalgliesh con firmeza—. Tengo la llave. Me ha parecido prudente dejar la puerta cerrada.

Taplow cogió la llave que Dalgliesh le tendía y estuvo a punto de decir algo, quizás un comentario sobre la excesiva meticulosidad de la Policía Metropolitana, pero se contuvo. Subieron juntos. Taplow contempló el cadáver con un ligero aire de reprobación, inspeccionó los objetos que había sobre la mesa, olisqueó el tarro de ungüento y cogió la nota.

—La explicación me parece bastante clara. No soportaba la idea de pasar otra Navidad con sus parientes.

—¿Conocía usted a la familia?

—Nunca había visto a ninguno de ellos, salvo al fallecido. La gente sabe que la familia se reúne en la mansión todos los años, pero no se dejan ver por el pueblo. Él tampoco sale mucho de casa, o mejor dicho, salía.

—Una muerte sospechosa, ¿no le parece? —aventuró Dalgliesh con discreción.

—No, no me lo parece, y le explicaré por qué. Al ser de por aquí, uno sabe ciertas cosas. Todos los miembros de la familia están locos, o al borde de la locura, lo que viene a ser lo mismo. El padre de Harkerville acabó igual.

—¿Se suicidó en Navidad?

—La Noche de las Hogueras, el 5 de noviembre. Se llenó los bolsillos de petardos, se metió unos cohetes de los gordos por debajo del cinturón, se bebió una botella entera de whisky y fue corriendo a arrojarse al fuego.

—De modo que dejó este mundo con un bombazo en lugar de hacerlo con un lamento. Espero que no hubiera niños presentes.

—Con un bombazo, sin duda. Y no invitan a niños a Harkerville Hall. No verá usted al párroco con un coro infantil cantando villancicos por aquí esta noche.

Dalgliesh se sintió obligado a perseverar.

—Su secreter está casi vacío —dijo—. Alguien ha estado quemando documentos. Los dos trozos que han sobrevivido resultan interesantes.

—Los suicidas suelen quemar documentos —apuntó Taplow—. Ya les echaré un ojo a su debido tiempo. El papel que importa es este: a todas luces una nota de suicidio. Gracias por haberme esperado, sargento. A partir de aquí, le tomo el relevo. —Sin embargo, cuando llegaron al vestíbulo, añadió, aparentando despreocupación—: Quizá podría llevarme hasta la cabina telefónica más cercana. Será mejor dejar que el Departamento de Investigación Criminal eche un vistazo a todo esto antes de que se lleven al anciano caballero.

Finalmente, Dalgliesh, al volante del MG, torció en dirección al mar, con la satisfacción de haber hecho todo lo que el deber y su instinto le dictaban. Si los de la oficina local del Departamento de Investigación Criminal querían algo de él, ya sabían dónde encontrarlo. Podía dejar tranquilamente el Curioso Caso del Cohete —un título que se le antojaba apropiado para aquel estrambótico episodio prenavideño— en manos de la policía de Suffolk.

Sus esperanzas de pasar una noche plácida se vieron, no obstante, frustradas. Solo había tenido tiempo de darse un baño sin prisas, deshacer la maleta y sentarse al amor del fuego, cuando el inspector Peck llamó a la puerta. Era muy distinto del agente Taplow; joven para su rango, de facciones afiladas y expresivas, cabello negro y, al parecer, inmune al frío, pues no llevaba más que pantalones y chaqueta, y su única concesión a la noche invernal era una aparatosa bufanda de punto multicolor que le daba dos vueltas en torno al cuello. Aunque se deshizo en disculpas con la señorita Dalgliesh, no tuvo tantos miramientos con su sobrino.

—He investigado un poco sobre usted, sargento. No me ha resultado fácil por ser Nochebuena, pero alguien de la Policía Metropolitana estaba de servicio y sobrio. Por lo visto, es usted el favorito del inspector. Dicen que tiene la cabeza en su sitio y bien amueblada. Vendrá conmigo a Harkerville Hall.

—¿Ahora, señor? —Dalgliesh volvió la mirada hacia el fuego en un gesto elocuente.

—Ahora, en este preciso instante, en el acto, ya mismo. Coja su coche. Yo podría llevarlo hasta allí y traerlo de vuelta, pero algo me dice que tendré que pasar unas cuantas horas en la mansión.

Había anochecido. Mientras Dalgliesh caminaba hacia su coche, el frío se sentía y se olía en el aire. La nevada había cesado por completo y la luna brillaba entre las nubes que surcaban raudas el cielo. Cuando llegaron a la mansión, dejaron sus vehículos aparcados uno al lado del otro.

Abrió la puerta la señora Dagworth, que, con una mirada malévola, los dejó pasar en silencio antes de alejarse en dirección a la cocina. Cuando subían al primer piso, Harkerville apareció al pie de la escalera.

—Creía que se llevaría usted al tío, inspector —dijo en tono de reproche—. No ha sido muy considerado dejárnoslo en esas condiciones. ¿No podría venir alguien del dispensario municipal a amortajarlo? Esto está afectando mucho a mi hermana.

—A su debido tiempo, señor —repuso Peck—. Estoy esperando al médico y al fotógrafo de la policía.

—¿Fotógrafo? ¿Por qué demonios querría alguien fotografiarlo? Me parece una auténtica indecencia. Estoy por telefonear al jefe de policía.

—Telefonee, buen hombre. Creo que descubrirá que se ha ido a Escocia con su hijo, su nuera y sus nietos, pero estará encantado de saludarlo. Le alegrará la Navidad, no me cabe duda.

Ya en el dormitorio, el inspector Peck señaló:

—Supongo que me dirá que la nota de suicidio no es del todo convincente. Y me inclino a darle la razón. Pero eso dígaselo al forense. ¿Le han contado la historia de la familia?

—En parte —respondió Dalgliesh—. He oído lo de la ascensión a los cielos del abuelo.

—Y no fue el único. Los Harkerville sienten aversión a la muerte natural. Llevan vidas tan anodinas que se aseguran de que sus muertes sean espectaculares. Bien, ¿qué es lo que más le ha llamado la atención de esta pequeña farsa?

—Algunas peculiaridades, señor —contestó Dalgliesh—. Si esto fuera un relato policiaco, se titularía «Las doce pistas de Navidad». Me ha hecho falta un poco de agilidad mental para llegar hasta esa cifra, pero me ha parecido muy oportuna.

—Deje de hacerse el ingenioso, muchacho, y vayamos al grano —lo urgió Peck.

—Para empezar, tenemos la supuesta nota de suicidio —dijo Dalgliesh—. Da la impresión de ser la última página de una carta dirigida a uno o varios miembros de la familia. Originalmente, el papel estaba doblado en cuatro para que cupiera en el sobre. El dorso está ligeramente chamuscado. Alguien ha intentado planchar los pliegues, pero no lo ha conseguido del todo; aún se aprecian dos tenues arrugas. Por otro lado, está la redacción. Esta iba a ser la última Navidad de Harkerville. Da a entender que contaba con tener que soportar la cocina de Gertrude una última vez, así que ¿por qué se mató en Nochebuena?

—Cambió de idea. No sería el primero. ¿Cómo interpreta usted la nota, si no?

—Yo diría que planeaba marcharse de aquí, quizás al extranjero. En la chimenea hay un pequeño pedazo de cartulina en el que está dibujada parte de la cabeza de un unicornio. Solo alcanza a verse el cuerno. Creo que alguien quemó su pasaporte, tal vez para encubrir el hecho de que acababa de renovárselo. También debía de haber documentos de viaje, pero la familia los incineró con la mayor parte de sus papeles. Y tenemos este trocito de una carta medio quemada. Podría parecer que quien la escribió estaba exigiendo dinero, pero dudo que sea el caso. Tal vez figuraba otra cifra antes de las ochocientas libras. Por ejemplo, supongamos que decía «cuatrocientas mil ochocientas libras parecen una suma razonable, teniendo en cuenta la extensión del terreno». Quizá la escribió un agente inmobiliario. A lo mejor Harkerville pensaba vender la finca, sumar las ganancias a su fortuna y despedirse de este lugar para siempre.

—¿Huir a un paraje soleado? Podría ser. ¿Y su amada estará allí, esperándolo? —especuló Peck.

—Es muy posible —convino Dalgliesh—, pero en la Costa Brava, no en el cielo. Debería echar usted una ojeada a la habitación de la doncella, señor. No queda un solo objeto de valor en el armario, y hay un montón de ropa arrojada de cualquier modo a la papelera. Probablemente Mavis está ahora mismo sentada bajo el sol, aguardando a que la llame el viejecito de su corazón, soñando con pasar unos años de lujos y caprichos en su compañía y el resto de su vida como una viuda acaudalada. De ahí, tal vez, el restaurador capilar. Resulta bastante patético, en realidad.

—Si no refrena esa desbocada imaginación nunca llegará usted a inspector —dijo Peck—. En cuanto a la muchacha, vive en el pueblo. No costará nada comprobar si está en casa.

—Contamos con tres pistas por el momento —señaló Dalgliesh—. La nota firmada, el pasaporte parcialmente quemado y el fragmento de carta. Luego está el ungüento. ¿Por qué iba a molestarse en aplicarse restaurador capilar alguien que había decidido suicidarse?

—Por costumbre, quizá. Los suicidas no se comportan siempre de forma racional. Bueno, el acto en sí es totalmente irracional. ¿Por qué elegir una opción que excluye todas las demás? Aun así, reconozco que me parece extraño que se embadurnara con ese potingue.

—Y en capas gruesas, señor —señaló Dalgliesh. Hizo una pausa y prosiguió—: Pista número cuatro: la mancha en la almohada. Cuando lo examiné por primera vez el *rigor mortis* empezaba a manifestarse, pero le levanté la cabeza. La almohada está pringada de esa sustancia, mucho más que el gorro de papel. Debieron de ponérselo después de su muerte. Por otra parte, hay que tener en cuenta el petardo de Navidad. Si lo hicieron estallar en la habitación, ¿dónde está el juguete que contenía? El papelito con el chiste sigue dentro del tubo, pero el regalo sorpresa, no.

—No es el único que ha registrado esta casa —dijo el inspector Peck—. Le he pedido a la familia que saliera de la cocina y fuera a sentarse un rato al salón. He encontrado esto debajo del aparador. —Se llevó la mano al bolsillo y sacó un sobre de plástico cerrado. Dentro había un broche barato y vulgar—. Ya consultaremos al fabricante para confirmarlo, pero creo saber de dónde salió esto. Solo Dios sabe por qué no hicieron estallar el petardo en el dormitorio, pero algunas personas son supersticiosas respecto a hacer ruido en presencia de un muerto. Le doy por buena la pista del petardo navideño, sargento.

—¿Y qué me dice de la pista de la falsa cocinera, señor? —preguntó Dalgliesh—. ¿Por qué le pidió Harkerville que publicase un anuncio para encontrar una? Tenía fama de tacaño y mezquino, y la nota deja bien claro que era Gertrude quien solía preparar las incomibles cenas de Navidad. Sospecho que trajeron a la señora Dagworth, no anoche, sino esta mañana, para que atestiguara que había oído el petardazo justo después de las nueve y proporcionase una coartada a los demás. Si llegó anoche, como ellos afirman, ¿por qué está su maleta cerrada sobre la cama en la habitación de al lado? Además, ella declaró que la nota era de puño y letra de Harkerville. ¿Cómo podía saberlo? Helmut Harkerville asegura que fue él quien la contrató, no su tío. Y hay algo más: ya ha visto lo desordenada que está esa cocina. Cuando ella nos preparó el té y sacó unas galletas rancias, sabía exactamente dónde encontrarlo todo. No era la primera vez que trabajaba en esta casa.

—¿Cuándo supone usted que llegó?

—En el primer autobús de hoy. Al fin y al cabo, era importante que Cuthbert Harkerville no la viese. Sin duda, ya había estado aquí antes. Creo que la familia la recogió en Saxmundham. Puede que ahora el coche esté averiado, pero cuando llegué vi claramente a la luz de los faros dos huellas de neumáticos distintas. La nieve las ha borrado por completo, pero en ese momento eran bien visibles.

—Es una lástima que no las protegiera usted —dijo Peck—. Ya no sirven de mucho como pruebas. Por otro lado, en ese momento aún no sabía que la muerte se había producido en circunstancias sospechosas. Le cuento la pista de la cocinera falsa como doble —añadió en tono risueño—. Pero era un poco arriesgado ponerse a merced de una desconocida, ¿no cree? ¿Por qué no resolvieron el asunto dentro del círculo familiar?

—Creo que eso fue justo lo que hicieron —respondió Dalgliesh—. Si se dirige a la señora Dagworth llamándola «señora de Helmut Harkerville», tal vez provoque una reacción. No me extraña que esté tan malhumorada. Atender a los demás no debe de ser muy agradable.

—Bien. Continúe, sargento. Aún no hemos llegado a la pista número doce.

—También está el acebo, señor. La ramita tiene muchas hojas espinosas. En esta habitación no hay acebo, así que, sin duda, alguien la subió, seguramente desde el vestíbulo. Si fue Cuthbert Harkerville, ¿cómo se las ingenió para no pincharse los dedos al cogerla o al introducirla en el ojal? Además, el tallo no está pringado de ungüento.

—Quizá le puso la ramita allí antes de que se embadurnara el pelo con esa cosa.

—Pero ¿habría aguantado sin caerse? No parece muy bien sujeta al ojal. Creo que se la pusieron cuando él ya había muerto. Tal vez valdría la pena preguntarle a la falsa cocinera por qué lleva el dedo vendado. ¿Me concede un punto por el acebo, señor?

—No veo por qué no. Estoy de acuerdo en que estaría pegajoso si él lo hubiera pasado por el ojal después de aplicar el ungüento. Muy bien, sargento, ya sé qué va a decir ahora. Los del Departamento de Investigación Criminal de Suffolk no somos precisamente unos lerdos. Supongo que la llamará «la pista del pudin de Navidad», ¿a que sí?

—En efecto, me parece adecuado, señor. Al examinar el pudin, una bazofia blancuzca impropia de estas fechas, en mi opinión, salta a la vista que le han arrancado un trozo de la parte de arriba, en vez de cortar una rebanada. Alguien metió la mano sin más. Si esa mano era la de Cuthbert Harkerville, ¿cómo es que no tiene pudin debajo de las uñas? Los únicos restos están en su palma derecha. Alguien le embadurnó la mano después de que muriera. Fue un error estúpido, si bien es verdad que los Harkerville me parecen más ingeniosos que inteligentes. No estoy seguro de que la última pista no sea la más concluyente. A juzgar por la evolución del *rigor mortis*, el hombre seguramente murió entre las ocho y las nueve. Temprano, en todo caso. Creo que la familia echó una dosis considerable de sus pastillas para dormir en el termo de café, sabedores de que sería mortal acompañada de un trago generoso de whisky. Pero, entonces, ¿por qué estaban aún calientes las cenizas de la chimenea cuando la inspeccioné ocho horas después? Y, lo que es más importante, ¿dónde están las cerillas? A mi juicio, eso eleva el número de pistas a esa cifra tan navideña que es el doce.

—Confío en su palabra, sargento. Solo Dios sabe cómo me he dejado enredar en este disparate aritmético. Tenemos una docena de preguntas. A ver si conseguimos alguna respuesta.

Los Harkerville estaban en la cocina, sentados con aire desconsolado en torno a la gran mesa central. La cocinera se encontraba entre ellos, pero, en cuanto el inspector Peck y Dalgliesh entraron, se puso en pie casi de un salto, como ansiosa por demostrar que aquella muestra de familiaridad era poco habitual. La espera había hecho mella en ellos. Dalgliesh advirtió que Peck y él se hallaban ante tres personas atemorizadas. Solo Helmut intentó disimular la ansiedad con bravatas.

—Es hora de que nos dé algunas explicaciones, inspector. Exijo que amortajen y se lleven de aquí el cuerpo de mi tío, y que dejen a la familia en paz.

Por toda respuesta, Peck miró a la cocinera.

—Parece conocer muy bien la cocina, señora Dagworth. Quizá podría usted explicarnos por qué, si llegó anoche, su maleta continúa sin deshacer sobre su cama, y también cómo sabía que la letra de la nota era del fallecido.

Aunque estas preguntas estaban formuladas con diplomacia, produjeron un efecto más dramático de lo que Dalgliesh esperaba. Gertrude se volvió hacia la cocinera.

—¡Estúpida zorra! —chilló—. ¿No eres capaz de hacer la cosa más simple sin meter la pata? No has cambiado nada desde que te casaste con mi hermano.

—Basta —dijo en voz muy alta Helmut Harkerville, intentando enderezar la situación—. Que nadie responda una sola pregunta más. Quiero hablar con mi abogado.

—Está en su derecho, por supuesto —repuso el inspector Peck—. Mientras tanto, confío en que ustedes tres tengan la bondad de acompañarme a comisaría.

Entre las protestas, acusaciones y contraacusaciones consiguientes, Dalgliesh murmuró una despedida breve dirigida al inspector y los dejó enfrascados en sus cosas. Retiró la capota del coche y, con un viento refrescante y purificador en la cara, condujo en dirección al rítmico rumor del mar del Norte.

La señorita Dalgliesh no ponía reparos al trabajo de su sobrino, pues consideraba del todo apropiado que los asesinos fueran apresados, pero en general prefería no mostrar un interés activo en el proceso. No obstante, esa noche la curiosidad pudo con ella.

—Espero que no te hayan robado la tarde por nada, Adam —dijo mientras Dalgliesh la ayudaba a llevar a la mesa el *boeuf bourguignon* y la ensalada de invierno—. ¿Se ha resuelto el caso? ¿Qué te ha parecido?

—¿Que qué me ha parecido? —Dalgliesh reflexionó por unos instantes—. Mi querida tía Jane, dudo que vuelva a trabajar en un caso como este. Ha sido Agatha Christie en estado puro.

Índice

Sobre la autora

Phyllis Dorothy James, más conocida como P. D. James (1920-2014), nació en Oxford y estudió en un centro femenino de educación secundaria en Cambridge.

De 1949 a 1968, trabajó en el Servicio Nacional de Salud y después en el Ministerio del Interior. Fue miembro de la Royal Society of Literature y la Royal Society of Arts, y ocupó sendos asientos en la junta directiva de la BBC y en el Consejo de las Artes, de cuyo Cuerpo Consultivo Literario fue directora. Formó parte del consejo de administración del British Council y ejerció como juez de paz en Middlesex y Londres.

Fue galardonada con varios premios de literatura policiaca en el Reino Unido, Estados Unidos, Italia y Escandinavia, incluidos el Mystery Writers of America Grandmaster Award y la Medalla de Honor en Literatura del National Arts Club de Estados Unidos, así como el Premio Carvalho en 2007.

Recibió títulos honoríficos de siete universidades británicas. En 1983 se le concedió la Orden del Imperio Británico y fue nombrada par vitalicia en 1991. En 1997 resultó elegida presidenta de la Sociedad de Autores, puesto al que renunció en agosto de 2013. Falleció en 2014.

«James no solo escribe con un estilo impecable, sino con un conocimiento profundo de los altibajos psicológicos.»

The Huffington Post

«James es seguramente la cultivadora del género detectivesco con más talento de la historia.»

The New York Times

«Una de las artesanas más fascinantes de la profesión.»

The Washington Post

«La mejor escritora contemporánea de ficción detectivesca clásica.»

The Sunday Times

«Escribe como un ángel. Todos los personajes están trazados de forma minuciosa. Crea atmósferas de una verosimilitud certera y espeluznante. Y todo ello lo consigue sin que declinen por un momento el impulso y la tensión de una emocionante historia de misterio.»

The Times